KB082139

# 페이퍼 하우스

페이퍼 하우스
고정욱 청소년소설

초판 인쇄 | 2010년 7월 10일
초판 발행 | 2010년 7월 15일

지은이 | 고정욱
펴낸이 | 신현운
펴는곳 | 연인M&B
디자인 | 이희정
기 획 | 여인화
등 록 | 2000년 3월 7일 제2-3037호
주 소 | 143-874 서울특별시 광진구 자양동 680-25호(2층)
전 화 | (02)455-3987 팩스 | (02)3437-5975
홈주소 | www.yeoninmb.co.kr
이메일 | yeonin7@hanmail.net

값 11,000원



ISBN 978-89-6253-065-0 03810

페이퍼
하우스
고정욱 청소년소설
No.9
FRAGILE
FRAGILE
연인M&B

# 차례

# 창고에서 발견한 물건

세도나의 붉은 바위 틈에 세워진 세모꼴의 레드 크로스 채플은 남쪽으로 향한 십자 모양의 콘크리트 구조물이 중심을 이루고 있다. 안에서 보면 그 구조물은 자연스럽게 십자가의 형태로 성당 전체를 압도하는 숭엄함을 보여주었다. 케빈은 바깥과 달리 서늘함이 감도는 성당 한쪽 구석에서 조용히 묵상에 빠졌다. 성당에서 이렇게 온전히 자기 세계에 빠져 본 지가 얼마 만인지 알 수가 없다. 한국에 있었을 때는 아버지와 함께 주일이면 가던 성당이었지만 미국으로 유학을 온 3년 내내 미사에 참여한다는 것은 꿈도 꾸지 못했다. 처음에는 영어가 되지 않아 성당의 미사 참여가 쉽지 않았고,

그 뒤로는 바쁜 미국 생활을 따라가느라 시간이 나지 않았다. 하지만 그건 표면상의 이유였다. 처음엔 운전면허가 없어 어디를 다닐 수가 없었고, 16세가 된 뒤 운전면허를 따 혼자 머쓱하게 성당을 갈 수 없게 된 것이었다.

경건한 마음은 사람들의 내면을 깊이 파고드는 힘이 있었다. 이제 이곳을 떠나 다시 한국으로 가야 하는 케빈의 마음속에는 새삼 착잡함이 가득 찼다. 비록 녹음해서 트는 것이지만 그레고리안 성가가 성당 안에서 울려 퍼지는 가운데, 전 세계에서 몰려온 관광객들은 끊임없이 성당을 드나들었다. 그들은 찬찬히 성당 분위기를 음미하거나, 묵상을 했고, 지하의 자그마한 기념품점으로 내려가 물건을 쇼핑하느라 바쁘기도 했다.

한국 이름 황범준. 미국 이름은 한국 사람들이 툭하면 붙이는 흔해빠진 케빈인 그는 혼자 이곳 미국 애리조나주의 아름다운 도시 세도나에 유학을 와 있었다. 유명한 그랜드캐니언에서 멀지 않은 이곳 세도나고등학교가 그의 학교였다. 어머니와 이혼을 한 뒤, 케빈을 떠맡게 된 아버지는 사업이 서서히 기울 무렵 케빈에게 말했다.

"아들, 아빠 힘이 조금이라도 남았을 때 미국 가서 공부하고 와라. 힘들고 입시 경쟁 살벌한 한국에서 공부하는 것보다는, 미국에서 자유롭게 공부해 보는 것이 네 인생에 좋은 경험이 될 거야. 네가 가 있는 동안 아빠 사업이 다시 풀리면 대학까지 보내줄 수 있을 것 같다."

아버지는 신경 쓰이는 케빈을 미국에 보낸 뒤 뭔가에 올인할 생각인 것 같았다.

사실 케빈은 학교에 적응을 잘 하지 못했다. 어머니와 아버지는 중학교 내내 별거를 하다 갈라섰고, 부모의 그런 상황은 케빈을 어두운 아이로 만들었다. 아픔이 있는 아이들이 거친 친구들을 사귀면 대개 가는 길을 케빈도 걷기 시작했다. 툭하면 주먹을 휘두르고 사고를 일으켜 교사들 사이에서 문제아로 이미 낙인 찍혀 있었다. 몽둥이를 든 아버지와 일촉즉발까지 간 적도 있었다. 사실 이것이 케빈을 미국으로 오게 만든 주된 원인인지도 몰랐다.

미국 가운데서도 한국 사람이 많이 살지 않는다는 애리조나주. 그 가운데에서도 골라서 찾아오게 된 곳이 바로 세도나라는 곳이었다. 수백만 년의 침식이 진행중인 아름다운 붉은 바위들이 절경을 이루고 있는 도시. 중심도로인 89A 하이웨이에서 보면 온통 시가지가 붉은색 투성이였다. 집들도 자연경관과 맞추느라 온통 붉거나 갈색 계통이어서 맥도널드조차도 로고인 둥근 M자가 붉은 바탕에 노란색이 아닌 초록색이어서 이채로웠다.

명상에 빠져 있는 그의 등을 그때 누군가가 부드럽게 툭 쳤다.

"헤이! 케빈."

고개를 돌려 보니 레슬리였다. 그녀의 밝은 빨강 머리가 유난히 빛났다.

"좀 늦었네."

"도로가 공사 중이어서 차가 좀 막혔어."

빙긋 미소 지으며 케빈은 자리에서 일어났다. 레슬리는 환하게 웃으며 케빈에게 팔짱을 꼈다. 세도나고등학교 1학년인 레슬리는 케빈의 여자 친구였다. 얼마 전 학교에서, 케빈은 레슬리에게 세도나 구경도 제대로 하지 못하고 한국으로 돌아간다고 푸념했다.

"전 세계 사람들이 유명하다고 찾아오는 이곳에서 나는 학교만 다녔지, 구경 한 번 제대로 못했어."

"그럼 한 번 투어하면 되지. 다음 주 수요일 나 일 쉬니까."

동네 플라이 마켓에서 파트타임으로 일하는 레슬리가 친절하게 제안했다.

레슬리를 알게 된 것은 이번 학기 초부터였다. 학교에서 조용히 지내는 빨강 머리의 레슬리에게는 이상하게도 친구가 하나도 없었다. 알고 보니 거의 언어장애인 수준으로 말을 하지 않는다는 거였다. 그래서 항상 혼자 쓸쓸히 교정을 오갈 뿐이었다. 친구 없기는 영어가 서툴고 학교 내에서 유일한 동양인인 케빈도 마찬가지였지만, 레슬리를 보는 순간 문득 본능적으로 동류임을 알 수 있었다. 며칠간 관찰을 해 봐도 레슬리에게 남자 친구는커녕 여자 친구도 없었다. 그래서 동병상련의 심기가 작동한 건지도 몰랐다.

어느 날 주차장에서 누군가의 픽업을 기다리고 있던 레슬리에게 케빈은 천천히 다가갔다.

"안녕, 난 케빈이야."

"안녕? 나는 레슬리."

"어디 사니?"

"저어기, 크락데일 살아."

크락데일이면 세도나에서 약 20여 마일 떨어진 도시 카튼우드와 붙어 있는 소도시였다.

"근데 왜 그쪽에 있는 밍거스고등학교 안 다니고 여기 세도나로 다녀?"

"엄마가 이곳에 살다가 이사를 가서 그냥 계속 다니

는 거야. 엄마 직장도 여기에 있고 해서……."

"그렇구나. 운전면허는 없어?"

"응, 나이가 아직 안 됐어."

그렇게 한동안 이야기를 나누던 중, 몸무게가 백 킬로그램은 족히 나갈 것 같은 레슬리의 할머니가 낡은 뷰익을 타고 주차장으로 들어왔다.

"나중에 또 봐."

"그래, 안녕."

뒤에 알게 된 사실이지만 왕따를 자초한 레슬리에게 남학생이 와서 말을 건 것은 이번이 처음이었다. 그 후 둘은 자연스럽게 사귀는 관계가 되었다. 학교에서도 매일 붙어다녔다. 처음 사귄 이성 친구라는 사실이 둘의 관계를 빠르게 그리고 긴밀하게 엮었다. 그러자 케빈의 친구들은 왕따들끼리 친구가 되었다며 놀렸다.

"케빈! 레슬리 어떠냐? 괜찮냐?"

"야, 둘이 언제 데이트할 거냐?"

"잠은 언제 잘 거냐?"

짓궂은 녀석들은 키득거리며 케빈을 부추겼다. 하지만 얌전하고 면이 있는 레슬리는 그런 생각조차 먹지 못하게 만드는 면이 있는 아이였다. 이렇게 아이들의 놀림을 견뎌내며 케빈과 레슬리는 서서히 사랑을 키워나갔다.

한국의 아버지에게서 전화가 온 것은 그 무렵이었다. 좀처럼 전화하지 않고 모든 것을 케빈에게 믿고 맡기는 스타일의 아버지였다. 그건 사실 방임에 더 가까웠다. 할 말이 있으면 이메일을 더 선호했기에 케빈은 전화로 아버지의 목소리를 듣는다는 것이 좀 이상했다. 그렇게 들어서인지 아버지의 목소리는 착 가라앉아 있었다.

"아빠가 사업이 더 어려워졌다. 네가 계속 미국에서 공부하는 게 쉽지 않겠구나."

"네? 그럼 어떡해요?"

"그래서 미안하지만 한국으로 돌아왔으면 한다. 한국에 와서 검정고시 한 일, 이 년 준비하면 대학에 갈 수 있지 않을까 싶은데…… 경제 위기가 와서, 아빠가 친구랑 같이 사업하다가 부도가 나버렸어. 이번 학기 마치면 돌아왔으면 싶다."

케빈은 그러겠노라고 대답할 수밖에 없었다. 미국 고등학교는 의무교육이라서 교육비가 많이 들지는 않지만, 자동차를 굴리고 홈스테이 비용을 내는 등 경제적 부담이 큰 건 사실이었기 때문이다. 미국에서의 고등학교 과정은 이것으로 마치고 다 못한 공부는 한국에서 마저 하는 걸로 결론이 난 셈이었다.

5월임에도 이곳 사막지대 애리조나는 무더웠다. 밖

에 있다 보면 강한 직사광선에 너무 더워 숨이 턱턱 막힐 지경이었다. 성당에서 나와 주차장으로 내려온 케빈은 자신의 산타페 문을 열었다. 애리조나 주도인 피닉스에 사는 한국 교포가 5년간 탔던 산타페는 그럭저럭 잘 굴러갔다. 한국차 품질 좋다며 걱정 말라던 그의 말은 거짓이 아니었다. 옆자리에 레슬리를 태우고 붉은 바위가 병풍처럼 둘러싼 성당 앞길 채플로드를 운전해 내려갔다.

"그러면, 가면 다신 안 오는 거야?"

이미 사정을 이야기해서, 레슬리는 케빈의 모든 것을 알고 있었다.

"다시 안 오는 건 아닌데, 당분간 오기 힘들 것 같아. 경제 위기 때문에 아버지가 학비 보내는 게 어렵다고 그러셔."

레슬리를 사귀면서 다소 투박했던 케빈의 영어는 더욱 섬세해지고 부드러워졌다. 연애할 때 필요한 말을 하기 위해 어휘도 풍부해졌다.

"음, 이해해. 미국도 지금 경기가 워낙 안 좋잖아. 여기 세도나의 백만 불 가까이 하던 집들이 지금은 오십만 불도 안 하니까."

그건 사실이었다. 세도나의 아름다운 집들 뿐만 아니

라 미국 전체의 부동산 경기는 엉망이었다. 주택가를 지나다 보면 포 세일(For Sale) 사인을 내건 집들이 수두룩했다. 심지어는 주로 고등학생들이 하는 시급 7~8달러짜리 아르바이트조차도 어른들이 차지하는 바람에 대부분의 아이들은 월마트나 KFC 같은 곳에서 하던 사소한 일조차 놓치곤 했다. 무엇보다 가게마다 내걸던 나우 하이어링(Now Hiring) 표지판이 자취를 감추었다.

"우리 집도 모기지를 못 내고 있어서 걱정이야."

크락데일에 있는 허름한 집에 살고 있는 레슬리 역시 돈 걱정을 하고 있었다. 미국에 사는 사람들은 집을 대부분 2, 30년씩 분할해 사기 때문에 이러한 경제 위기가 발생하면 직격탄을 맞게 되어 있었다. 해고되거나 수입이 줄어드니 매달 일정하게 빠짐없이 갚아야 할 집값을 내지 못하고, 결국 길바닥에 나앉게 되는 것이 바로 2008년 가을 서브프라임 모기지 사태로 비롯된 전 세계 경제 위기의 근원지 미국의 현실이었다.

"돈이 있어야 해. 돈이 문제야."

아직 어린 10학년 고교생 레슬리의 입에서 돈 이야기가 쏟아져 나왔다. 미국 아이들은 돈에 대해 이야기하는 것이 무척 자연스러웠다. 돈이면 거의 모든 게 해결

되는 문화 때문인 것 같았다. 심지어 한국에서 공부하고 온 어설픈 수학 실력으로 케빈이 이차방정식 문제를 대수롭지 않게 풀었을 때, 할머니 수학 선생이었던 제시카는 화들짝 놀라며 이렇게 말했다.

"오우, 놀라워요! 이렇게 어려운 문제를 풀다니! 케빈에게 상을 주고 싶어!"

그러더니 갑자기 지갑을 열어 10달러 짜리 지폐를 건넸다. 필요 없다며 극구 사양하는 케빈에게 제시카는 짐짓 엄숙한 표정을 지으며 말했다.

"미국에서는 선생님이 돈 주는 거, 이상한 거 아니에요. 받아요."

10달러를 받자 학급 아이들은 모두 휘파람을 불고 책상을 치는 등 난리를 쳤다. 그들의 삶에서는 이처럼 돈을 주고받거나 돈 이야기를 나누는 것이 일상적이었다. 사실 미국 고등학교의 수학은 한국의 중학교 수학 정도였다고는 차마 말 못하는 케빈이었다.

"그럼 레슬리 너네 집은 어떡해? 나야 한국으로 가면 그만이지만."

"나도 다음 주부터 아빠가 사는 오리건주로 가서 지낼 거야. 새엄마가 있어서 좀 불편할 거야. 컴퓨터 게임 같은 거 하는 거 싫어하시거든."

"그게 아니라 니네 집."

"응. 할머니는 괜찮다고 하시긴 하는데, 우리도 작은 아파트로 이사가야 할 것 같아. 돈을 더 벌어올 사람도 없고……."

몇 달째 할부금을 내지 못하는 레슬리네도 이제는 집을 지킬 수 있는 방법이 없었다. 변변한 수입원이 없었기 때문이다. 가족이라고는 늙은 할머니와 레슬리 외에 엄마와 오빠가 있었지만 별 도움이 되지 못했다. 레슬리의 오빠 마이클은 190센티가 넘는 훤칠한 키에 수려한 외모를 지닌 백인 청년이었다. 피닉스의 애리조나 주립대학(ASU)에서 우수한 성적을 거둔 수재라고 했다. 졸업을 얼마 앞두지 않은 어느 날 밤 마이클은 갑자기 자기 짐을 전부 차에 때려 싣고도 모자라 지붕 위에까지 얹어 집으로 돌아와 버렸다. 대학을 졸업하면 직장을 얻어 새로운 지역에서 정착해 살아가는 게 미국 젊은이들의 사회 진출 시나리오였는데 바로 그 직전에 학업을 관둔 거였다. 마치 〈졸업〉이라는 옛날 영화에서 더스틴 호프만이 연기한 벤자민이 좋은 대학에서 학업을 마친 뒤 집에 돌아와 빈둥거리며 시간을 보내 온 마을 사람들이 걱정하는 것과 다를 바 없었다.

레슬리의 집에 갈 때 케빈은 가끔 그를 보았다. 그는

항상 방에 틀어박혀 앉아 컴퓨터 게임만 하고 있었다. 전형적인 폐인의 모습이었다. 케빈은 그것이 미국 문화의 어두운 면이라고 생각했다. 복지 시스템 덕에 최악의 경우에도 먹고사는 것은 크게 걱정하지 않아도 되는…….

"그런데 너네 오빠는 갑자기 왜 그랬대? 조금만 더 하면 졸업인데."

"갱단인 룸메이트 때문이라고는 하는데……."

"룸메이트?"

대학 기숙사에 있던 마이클은 방을 같이 쓰던 룸메이트가 마리화나를 비롯해 각종 마약을 즐기는 중독자임을 알았다. 처음엔 참아 보려 했지만 여러 가지 폐해를 도저히 견디지 못했다. 허락없이 자신의 물건을 사용하는 건 물론이고, 갱단 친구들까지 방에 불러들이는 게 다반사였다. 결국 마이클은 그를 학교 경찰에 고발해 버렸다. 그 사실이 알려지자 룸메이트는 학교에서 퇴학을 당했다. 뿐만 아니라 학교 경찰이 피닉스 경찰에게 인계하는 바람에 감옥에까지 갇히면서 그는 동료 조직원들을 통해 마이클에게 이런 말을 전했다.

"너는 내가 보석으로 출소하는 즉시 쏴 죽일 거다. 각오해라."

그 말을 들은 마이클은 짐을 싸서 뒤도 돌아보지 않고 집으로 도망쳐 왔다는 거다. 그리고 다시는 대학이 있는 피닉스는 물론이고, 세도나나 프레스캇, 플래그스탭 같이 한 시간 내에 갈 수 있는 가까운 도시조차 돌아다니지 않았다. 아니, 아예 집 밖에 한 발짝도 나가지 않았다.

"갱이 무서워서 학교를 관둔 거였어?"

덩치만 컸지 대가 약한 마이클의 모습을 떠올리며 케빈은 어이가 없었다. 하지만 생명의 위협을 진지하게 느꼈다면 어쩔 수 없겠다는 생각을 하기도 했다. 남의 일은 그 입장이 되어 보기 전엔 결코 알 수 없는 법.

둘은 유명 관광지인 벨락, 커피포트락, 치미니락을 구경한 뒤 언덕 위의 평지에 위치한 공항 앞 작은 레스토랑에서 음료수까지 마시며 데이트를 즐겼다. 이제 남은 건 차가 없는 레슬리를 집에까지 데려다 주는 일이었다. 케빈의 산타페는 붉은 빛깔 투성이인 세도나 지역을 빠져나와 회갈색의 페이지 스프링 지역을 거쳐 카튼우드시가 한눈에 보이는 89A 하이웨이를 남쪽으로 달렸다.

차는 새로 닦은 길을 통해 크락데일로 넘어갔다. 길에는 교통 흐름을 원활히 하기 위해 교차로마다 로터리가 자리잡고 있었다. 듬성듬성 주택들이 자리한 구릉지를 넘어 차는 구리 폐광이 있는 유령도시 제롬 못미쳐 낮은 언덕 밑으로 내려가는 비포장도로에 접어들었다. 레슬리의 할머니가 사 두었다는 십 에이커의 제법 넓은 땅은 거의 자연 그대로였다. 집 경계를 따라 구불구불 강이 흘렀고, 강가를 따라 커다란 가죽나무들이 푸른 숲을 이루고 있었다. 대부분이 사막 지역인 애리조나에서는 흔치 않은 광경이었다. 울퉁불퉁한 길을 따라 주차장에 들어서자 레슬리의 개 스키피가 컹컹 짖으며 달려왔다. 하지만 이내 케빈인 것을 알고 꼬리를 내렸다. 집에 자주 찾아오는 낯익은 사람이었기 때문이다.

"스키피, 요 귀여운 녀석!"

턱밑의 침샘을 몇 번 강하게 간지러 준 뒤 케빈은 레슬리와 함께 강가 쪽 별채로 향했다. 일하는 남자 없는 전형적인 미국인 집처럼 레슬리네 집도 트레일러가 나뒹굴고 각종 연장에, 벽난로를 때기 위해 패다만 장작, 쓰다남은 가재도구가 마당 곳곳에 되는대로 방치되어 있었다. 레슬리의 엄마는 한창 일하고 있을 시간이어서 집에 있는 할머니가 나무 밑 별채의 문을 열고 고개를 내밀며 반갑게 케빈을 맞았다.

"하이 케빈."

"하이!"

엄마와 레슬리는 강가의 별채에 살았고 할머니와 오빠는 나무 밑의 또 다른 별채인 모바일 홈에 살고 있었던 것이다. 처음 만났을 때, 할머니는 케빈이 한국에서 왔다고 하자 갑자기 몇 마디 한국말을 하는 거였다.

"안녕하쎄요? 고맙씁니다."

"어, 어떻게 한국말을 아시죠?"

"나 한국에서 이 년간 살았써요."

"저, 정말요?"

알고 보니 레슬리의 할머니는 6·25 전쟁 때 한국에 참전했던 미군 장교의 부인이었다. 할아버지는 전쟁 후에도 서울에서 2년 가까이 근무했다. 그 뒤 미국으로 돌아온 할머니는 15년 뒤 할아버지가 암으로 세상을 떠난 뒤 홀로 딸을 키우며 살아왔다. 한국전쟁에 참전했던 참전용사들 수십만 명이 미국 곳곳에 퍼져 있다는 얘기는 들었지만, 이렇게 그 가족을 접하게 될 줄은 생각조차 하지 못했다. 할머니는 반가운 마음에 옛날 사진을 보여주었다. 전쟁이 지난 뒤에 있었던 한국의 참혹한 모습을 배경으로 한 사진들이었다.

"한국에서 고무신 많이 신었는데. 고무신이 참 편하단 말이야."

"그래요? 나중에 한국 가면 하나 사다 드릴게요."

"정말이니? 고맙다."

한국과의 인연 때문인지 할머니는 그 뒤 케빈이 올 때마다 반갑게 맞아주었다.

앞서 방에 들어간 레슬리는 자연스럽게 뒤따라 들어오는 케빈을 끌어안고 진하게 입맞춤을 했다. 케빈도 레슬리를 품에 안았다. 이 달콤한 키스가 마지막이 될지도 모른다는 생각, 그리고 한국에 가면 또 다른 적응의 두려움이 기다린다는 생각이 연이어 들어 케빈은 가슴이 먹먹해 왔다.

키스를 하고 난 뒤 레슬리와 떨어진 케빈은 주위를 둘러보았다. 오랫동안 청소를 하지 않은 건 알지만 오늘따라 방바닥에 종이 자른 거나 실, 필기구 등으로 너저분했다. 엄마는 일을 하고, 할머니는 늙어 힘이 없었다. 힘을 써야 하는 오빠도 하루 종일 게임이나 하고 있으니 집안 꼴이 이 지경이 되는 건 어찌 보면 당연했다.

"청소 좀 하고 살지."

키스하고 난 쑥스러움에 케빈은 자신도 모르게 불쑥 말했다.

"미안, 과학 발표판 준비하느라고 어질렀어."

얼굴 붉어진 레슬이의 말대로 책상 위에는 커다란 보

드에 이것저것 프로젝트 준비한 어설픈 결과물이 얹혀져 있었다.

"그리고 청소 어떻게 하는지 사실 나 잘 몰라."

"뭐? 청소를 모른다고?"

그럴 만도 했다. 레슬리의 아버지는 레슬리가 어린 시절 이혼을 하고 미시간으로 떠났다고 했다. 혼자 남은 레슬리의 어머니가 가정을 꾸리려니, 집안일을 돌보는 것은 우선 순위에서 늘 밀릴 수밖에 없었다. 그렇다고 해서 게임만 하는 오빠에게서 무언가를 기대할 수 있을 것 같지도 않았고, 늙은 할머니도 별 도움이 되지 못했다. 되는대로 책이라든가, 봉제인형, 박스 등을 한쪽에 던져놓고 쌓아놓은 레슬리의 방을 둘러보며, 케빈은 한숨부터 나왔다.

"좋아. 정리하는 법, 내가 가르쳐 줄게."

어려서부터 깔끔하게 정리하는 습관이 든 케빈은 작정하고 방 정리를 도와주기 시작했다. 어쩌면 그것은 오래도록 못 만날 레슬리에 대한 작은 배려였다.

"정리의 기본은, 음, 일단 바닥에 무언가가 놓여 있지 않아야 하는 거야."

"그럼 이 물건들을 도대체 어떻게 하라고?"

"버릴 것과 보관할 것들을 구분해야지. 6개월, 1년 넘게 손대지 않은 자료라든가 물건들은 버려도 상관없어. 앞으로도 쓸 가능성이 아주 적으니까."

"하긴 그래. 쌓아놓기만 했지, 쓰지 않아."

버릴 물건의 원칙을 정해놓고 케빈과 레슬리는 물건을 치우기 시작했다. 책상 밑에 거미줄처럼 엉켜 있는 오디오와 비디오, 그리고 컴퓨터 선들이 보였다. 케빈은 도구 상자에서 타이를 가져다 하나하나 얽힌 선들을 분류해 묶었다. 두어 시간이 지나자, 레슬리의 방은 훨씬 깔끔해졌다.

"와, 정말 놀랍다. 매직 같아."

레슬리는 기뻐했다. 난생 처음 보는 자신의 단정한 방이었기 때문이다. 남의 방이었지만, 최선을 다해 정리해 주고 나서 보니 케빈의 눈에도 좋았다. 하지만 벽에 걸린 낡은 커튼이나 원래의 색을 알 길 없이 더럽혀진 카펫 같은 것은 어찌할 수가 없었다. 너무 지저분했기 때문이다.

"카펫은 새 걸로 갈았으면 좋겠는데. 할 수 없지. 일단 진공청소기를 써야겠어."

진공청소기의 먼지 주머니도 오래도록 갈지 않아 빵빵하게 먼지로 가득 차 있었다. 밖으로 가지고 나가 새 봉투로 간 뒤 여러 번 카펫을 청소했다. 그러고 보니 느낌

때문인지 몰라도 방이 아까와는 전혀 다른 곳 같았다.

"이런 데서 어떻게 살았어? 너희 미국 사람들은 가는 곳마다 청결청결하면서……."

"몰라. 그냥 적응이 돼서 괜찮아."

얼굴만 봐서는 레슬리가 이런 돼지우리 같은 곳에 살았다는 것은 상상도 되지 않았다. 옷장을 열어 보니 가지고 있는 옷도 청바지 몇 벌에 모자 달린 후드 티 두어 개가 전부였다. 치마나 블라우스 같은 여성용 복장은 눈 씻고 보려도 볼 수 없었다.

"너 나중에 내가 프람파티(졸업파티) 가자고 하면 어떻게 할 뻔했어?"

"그, 글쎄…… 나는 남자 친구가 생겨서 파티에 갈 거라곤 생각해 본 적이 없었어. 어려서 실어증에 걸렸었으니깐."

알고 보면 레슬리도 불쌍한 아이였다. 부모님이 이혼하자 그 충격으로 한동안 실어증에 걸려 말을 다시 배우고 언어치료를 받았다고 했다. 실어증에 걸렸다고 하지만 사실은 언어를 습득할 나이에 부모의 이혼을 겪고, 엄마는 직장생활에 우울증 증세를 보이고 말이 없어지니 듣고 따라할 말 자료를 제대로 습득하지 못해 생긴 장애였다. 치료를 통해 나아졌다지만 여전히 레슬리는 말하는 걸 즐기지 않았다.

"나도 불쌍하지만 너도 참 안됐다."

케빈은 생각했다. 사람들이 처해 있는 현실은 하나같이 쉽지 않다고. 누구 하나 제대로 멀쩡하게 사는 사람 없는 것이 이 세상이 아닌가 싶었다.

"너네 만일 이 집 빼앗기면 어떻게 하려고? 이거 다 버리고 갈 거야?"

"나도 몰라. 안 그래도 은행에서 계속 집에 찾아와 경고를 하고 있다는데."

할머니가 늙어서 조용히 지내겠다며 잡아놓은 이 땅은 넓고 강가에 있어서 풍광이 아름다운 곳이었지만, 이제는 더 이상 가지고 있기가 힘들었다.

방을 다 정리하고 난 케빈은, 문득 레슬리 방의 벽에 아무것도 없다는 걸 알았다.

"넌 벽에 사진이나 장식물 같은 게 없구나."

"장식물?"

방 한쪽에 그림 같은 게 둘둘 말려 있긴 했다. 하지만 펼쳐보니 전부 브리트니 스피어스나 비욘세 같은 팝가수 포스터였다.

"이런 거 말고 제대로 된 그림이 걸려 있으면 볼 때마다 마음도 안정되고 좋아."

"그림? 우리 집에 그런 거 없는데. 아, 창고에 좀 있을지 몰라. 그래, 창고에 있겠다."

미국 사람들은 대개 한 집에서 몇 십 년 동안 살기 때문에 창고에 모든 물건을 처박아 놓는다는 건 케빈도 알고 있었다. 케빈의 이웃집 웨인 씨네만 해도, 창고에 어린 시절부터 입던 옷과 신발까지 잔뜩 쌓아놓고 있을 정도였다. 레슬리네도 할머니가 사는 별채의 뒷방 하나가 커다란 창고였다.

케빈은 레슬리와 함께 창고에 불을 켜고 들어섰다. 오래 고였던 공기가 퀴퀴한 냄새로 맞아주는데 오만 잡동사니가 가득했다. 쓰던 소파에, 가구들, 책상, 책장들뿐만 아니라, 각종 옷가지와 스탠드까지 있었다. 완전히 거대한 골동품상이었다.

"우리 할아버지 유품도 다 여기 있어. 그림이 어딘가에 있을 텐데……."

이리저리 뒤지던 레슬리는 구석에 처박혀 먼지를 잔뜩 뒤집어쓴 액자 하나를 발견했다.

"그래, 이 액자에 무슨 그림이 그려져 있나 보자."

그건 낡은 유화 그림이었다. 먼지가 두텁게 쌓여 있어 무얼 그린 건지 알 수 없었다. 얼핏 보니 가로가 1미터 정도인 작은 그림이었다.

"무슨 그림이건 이런 걸 걸면 방 안 분위기가 훨씬 나아지거든."

밝은 곳으로 꺼내 온 그림은 어딘지 모르게 낯이 익었다. 마른 걸레로 먼지를 닦아내고 그림을 들여다본 케빈은 깜짝 놀랐다. 전체적인 그림 분위기는 짙은 회갈색이었다. 자세히 보니 낡은 앙상한 나무와 쭈그리고 앉은 여인 둘이 노점 좌판을 벌이고 있었다. 판잣집 마당 안에는 양복 입고 중절모 쓴 남자가 애를 업고 서 있었다. 그 풍경은 너무도 낯익은 한국적인 모습이었다.

"어, 이 그림…… 어디서 난 거야?"

"몰라. 이거 할아버지 유품인 것 같아."

액자를 뒤집어 보니 캔버스에 한글로 적혀 있는 게 보였다.

**판잣집-PAPER HOUSE '53.**

밖으로 나와 햇빛 아래에 꺼내놓고 보니, 50년도 더 되어 보이는 옛날 그림이었다. 두꺼운 보드지에 유화 물감을 떡칠하듯 거칠게 발라 마치 돌멩이에 그린 것 같은 느낌이었다. 그림 앞면의 사인을 자세히 보니 거기에는 '수창' 이라고 쓰여 있었다.

“어? 이 그림, 박수창 화백 그림인가?”

“박수창? 케빈 너 아는 화가야?”

박수창은 전쟁 때 미군들의 초상화를 그려주며 연명했던 유명한 한국의 화가였다. 그 당시에는 인정받지 못했지만, 자신만의 독특한 토속적인 화풍으로 그림을 그려 미군들에게 팔며 생활했다는 이야기를 중학교 때 미술 선생님에게 들은 적이 있었다. 긴 생머리를 기른 미술 선생님은 사춘기에 들어선 케빈의 마음을 설레게 한 첫 여자이기도 했다.

“음, 좀 들어 본 것 같아.”

박수창은 한국 미술교과서에도 실렸던 작가라고 말하려던 케빈은 애써 무덤덤한 태도를 취했다. 확인도 되지 않은 사실에 미리 흥분하는 건 좀 우습다고 생각했다.

“그래?”

레슬리는 신기하다는 듯 웃어 보였다.

—박수창의 그때 그림들이 가끔 미국에서 발견되어 한국에 돌아와 비싼 가격에 팔리고 있단다.

미술 선생님의 말이 생생히 떠올랐다. 지금 자신은 바

로 그 그림을 손에 들고 있는 거였다. 한 점에 몇 십 억이 나갈 수도 있는, 박수창의 밝혀지지 않은 미공개작이었다. 이 놀랍고도 엄청난 사실 앞에서 케빈은 가슴이 두방망이질 쳤다.

"이 그림 내가 한국 가지고 가서 팔아오면 안 될까?"

케빈은 레슬리에게 조심스럽게 물었다. 영문을 모르는 레슬리는 놀란 토끼 눈을 뜨고 케빈을 쳐다볼 뿐이었다.

# 다르게 보이는 세상

그림을 받아 세도나 홈스테이 집으로 돌아온 케빈은 뛰는 가슴을 진정하며 한국의 인터넷 포털 사이트에 접속했다. 검색창에 '박수창' 이라고 치자 그에 대한 정보들이 화면에 떴다.

'가난한 화가 박수창'

수많은 정보 속에서 눈에 띄는 제목의 뉴스가 하나 나왔다. 한국의 옥션이라는 경매회사에서 박수창의 그림이 최근 수십억 원에 거래되었다는 내용이었다.

박수창의 그림을 들고 있는 케빈에게 세상은 순식간에 달리 보이기 시작했다. 아무리 봐도 그 그림 페이퍼 하우스는 박수창의 그림이 맞았다. 그는 6·25 뒤에 피폐해질 대로 피폐해진 한국에서, 그림만으로 생계를 꾸려 보려고 노력하다 간 화가였다. 그의 그림은 살아 생전에 한 번도 인정받지 못했다고 했다. 하지만 나중에 그의 그림이 재평가를 받아, 이제 한국의 국민화가로 추앙받고 있었다. 그가 그린 그림들은 가끔씩 경매시장에 나와 최고의 상한가를 기록해 국민들을 놀라게 했다. 박수창을 알면 알수록 케빈의 가슴은 더욱 빨리 뛰었다. 이 그림이면 자신의 모든 문제들이 해결된다는 생각이 자꾸 들어 감당할 수 없게 설레었다.

'맞아, 이거면 끝이야. 레슬리도 계속 그 집에 살게 해 줄 수 있어. 어쩌면 대출금 남은 거 전부 다 지불할 수도 있고…… 나도 공부 계속할 수 있고, 아버지 사업에 도움도 줄 수 있을지 몰라. 그리고…….'

레슬리는 케빈의 요청에 흔쾌히 그림을 건네주었다.

"파는 건 신경 안 써도 돼. 선물로 줄게. 이 그림도 그렇게 된다면 기뻐할 거야. 고향으로 돌아가는 거니까."

그림을 내준 레슬리의 방 빈 벽에는 가족들의 사진을 모아 붙여놓기로 했다.

'그나저나 이 그림을 어떻게 한국으로 가져가지?'

가장 좋은 건 기내에 갖고 들어가는 것이었다. 따로 수하물로 부친다면 잃어버릴 염려도 있고 손상될 가능성도 있어 영 안심이 되지 않았기 때문이다.

다음날 케빈은 그 길로 홈디포에 가서 합판과 각목을 샀다. 그 다음날 주인집의 차고에서 전기톱과 드릴을 빌려 그림 담을 나무 상자를 만들었다. 에어캡으로 포장을 하고 보니 부피는 더 늘어났다. 하지만 마음만은 든든했다.

드디어 학교가 긴긴 방학에 들어간 뒤 한 달여의 시간이 지난 6월 말. 케빈은 노트북 컴퓨터가 들어 있는 배낭을 메고 한 손으로는 수트 케이스를 끌며 그림이 든 상자를 나머지 한 손으로 소중히 품고 피닉스 에어하버국제공항으로 아침 일찍 출발했다. 피닉스까지는 백 마일이 넘는 거리여서 케빈은 세도나에서 출발하는 셔틀버스에 올라탔다. 셔틀버스라고 해야 거구의 미국인들 십여 명이 타면 꽉 찰 수준의 승합차였다. 다음 정류장인 카튼우드에 들러 승객을 태운 셔틀버스는 이윽고 17번 프리웨이를 남쪽으로 질주하기 시작했다. 한국으로 가기 위해서는 피닉스에서 로스앤젤레스나 샌프란시스코로 국내선을 타고 간 뒤 그곳 공항에서 국제선으로 갈아타야만 했다.

버스에 오른 사람들은 너나없이 인사를 나누었다.

"하이!"

"굿모닝!"

마지못해 고개를 끄덕이며 케빈도 손을 들고 인사를 했다. 이럴 때는 낯선 사람에게도 인사를 하는 미국의 문화가 거북스러웠다. 평소 같았으면 버스에서 꾸벅꾸벅 졸았을 케빈이지만, 오늘만은 버스를 타는 내내 뜬 눈으로 꼿꼿이 앉아 있었다. 비상금으로 품에 넣은 700불의 돈보다 그림에 더 신경이 쓰였기 때문이다. 차창으로 흘러가는 태초의 모습을 간직한 애리조나의 대자연은 아침 햇살을 받으며 깨어나고 있었다. 군데군데 사막을 지키는 척후병처럼 애리조나의 아이콘인 선인장들이 군락을 이루고 있었다.

이윽고 피닉스로 들어선 셔틀버스는 10번 프리웨이로 갈아탔다. 캘리포니아의 태평양 바닷가인 샌타모니카에서 시작돼 대서양이 굽어보이는 플로리다 잭슨빌에서 끝나는 이 대륙횡단 프리웨이를 이용할 때마다 케빈은 대륙의 의미를 되짚어 보곤 했다.

에어하버국제공항 터미널에서 내린 케빈은 서둘러 항공사 체크인 카운터로 향했다. 아침 일찍 미국 각지로 떠나려는 사람들이 모여 각자의 항공사 카운터에서 체크인 수속을 밟고 있는 중이었다. 가방만 부치고 그림은 직접 가지고 들어가려고 케빈은 카운터에서 차례를 기다렸다. 거구의 흑인 여자가 밝게 웃으며 인사를 건넸다.

"LA 가는 US에어웨이요."

프린터로 출력해 온 이티켓을 내밀자 여자는 수트 케이스에 태그를 붙였다. 하지만 들고 있던 그림을 보더니 고개를 갸웃했다.

"사이즈가 너무 큰데요. 기내 수하물로 가지고 들어가려는 거 아니에요?"

"마, 맞는데요?"

"너무 커요, 부치세요. 뭐죠? 그림인가요?"

"네, 그림이에요. 친구가 준……."

흑인 여자는 무심한 표정으로 그림을 받아들려 했다. 자기도 모르게 케빈은 움찔하며 물러섰다.

"가지고 들어가야 하는데……."

"사이즈가 너무 커서 가지고 들어갈 수는 없어요. 비행기 승객칸에 못 넣는다고요."

"하, 하지만 엄청나게 소중한 그림인 걸요."

"자, 이걸 보세요."

흑인 여자는 가로세로 규격이 적혀 있는 도표를 보여주었다.

"이 사이즈를 넘으면 오버사이즈라서, 따로 부쳐야 한다고요."

"하, 하지만……."

"부칠 거예요, 말 거예요?"

흑인 여자는 단호한 표정으로 팔짱을 끼고 쳐다보았다. 어쩔 수 없었다.

"부, 부칠게요."

케빈은 그림에 태그가 붙는 것을 불안한 얼굴로 바라보았다.

"자, 자, 잠깐만요. 설마 안에다 막 집어던지는 거 아니에요?"

"포장 잘 했죠? 그러면 걱정할 게 없을 텐데."

카운터 옆으로 밀어 넣자 컨베이어 벨트가 케빈의 그림을 벽 너머 어둠 속으로 빨아들였다. 허수아비처럼 양팔을 벌리고 대폭 강화된 검색을 받는 동안에도 케빈의 머릿속은 비행기에 과연 그림이 제대로 들어갔을까 하는 걱정으로 가득 찼다. 혹시 실수로 다른 비행기에 실리면 어떡하지? 티켓에 분명히 붙어 있는 수하물표가 있었지만 케빈은 평소에 하지 않던 걱정을 계속해서 했다. 백 명 정도 승객이 탈 수 있는 보잉 717 여객기에 탄 시간 내내 케빈은 두려움에 떨었다. 이 두려움은 LA공항까지 이어졌다.

"어서 오십시오. 티켓 좀 보여주세요."

두어 시간을 보세 구역에서 기다렸다 갈아타는 국내선 항공기 출입문 앞에서 오랜만에 듣는 한국 승무원들의 다정한 안내에도 케빈의 정신은 다른 데 가 있었다. 48A 창가 좌석에 앉은 뒤 케빈은 애써 잠을 청하려 했다. 그러나 잠은 쉽게 오지 않았다. 열두 시간이 넘는 긴 비행시간 동안, 케빈은 기내식을 먹어도 먹는 게 아니었고, 잠을 자도 자는 게 아니었다. 면세품으로 파카 수성 볼펜을 사기도 했지만 마음은 콩밭에 가 있었다. 자동운송시스템에 의해 짐이 분명히 비행기 밑으로 들어와 있을 테지만, 비행기에서 내려 그림을 직접 볼 때까지는 안심이 되지 않는 거였다.

비행기는 긴 비행 끝에 마침내 인천국제공항에 도착했다. 로딩 브리지를 빠져나온 케빈은 허둥지둥 걸어서 입국심사를 받았다. 입국심사관은 별다른 질문 없이 케빈의 여권에 도장을 찍어주었다. 케빈은 짐 찾는 곳으로 달려갔다. 이미 컨베이어 벨트를 통해 짐들이 쏟아져 나오고 있었다. 사람들은 카트를 하나씩 차지한 채 저마다의 짐을 찾고 있었다. 성질 급한 몇 사람은 짐이 나오는 입구에 서서 기다렸다. 케빈은 그림이 무사하기를 다시 한 번 기도했다.

"어머, 이 가방 좀 봐. 새 거였는데 완전히 헌 가방이 되었잖아."

마구 긁힌 빨간 가방을 찾아 카트에 올리는 옆의 여자가 불안감을 더하게 만들었다. 크고 작은 가지각색의 짐들이 내려오자 사람들은 하나씩 자신들의 물건들을 들고 빠져나왔다. 컨베이어 벨트 주변을 가득 메우고 있는 사람들이 하나씩 둘씩 거의 다 빠져나갈 무렵까지 케빈의 짐은 나오지 않고 있었다.

'어, 어떻게 된 거지?'

그때, 케빈의 수트 케이스가 덜커덕 하는 소리를 내며 나왔다. 그리고 얼마나 더 지났을까, 주인 잃은 짐 몇 개가 빙글빙글 돌고만 있을 뿐, 그림은 결국 나오지 않았다. 케빈은 가슴이 덜컥했다. 누군가에게 이 사태의 진상을 물어보는 수밖에 없었다. 무전기를 든 공항 직원으로 보이는 사람에게 케빈이 다가가 물었다.

"저, 아, 아저씨. 제 짐이 아직 안 나오는데요?"

"짐이 안 나온다고요? 수하물 표를 좀 볼까요."

"가방은 하나 나왔고요. 제가 부친 그림이 하나 안 나왔어요."

"그림이오? 사이즈가 큰가요?"

"벼, 별로 크진 않은데요…… 이 정도."

벌려 보이는 케빈의 팔은 와들와들 떨렸다. 불길한 예감대로 그림이 사라진 것이다. 어떻게 알았을까. 그게 비싼 그림이란 걸 아는 사람은 아무도 없을 텐데. 노심초사하고 있을 때 그 사람이 무심히 말했다.

"그 정도 그림이면 사이즈가 크니까, 오버사이즈 찾는 창구가 따로 저기 있어요. 저기서 찾으세요."

"저, 정말인가요?"

지옥이 갑자기 천국으로 변한 느낌이었다. 케빈은 서둘러 창구를 향해 뛰어갔다. 창구에 다다르자, 케빈의 나무 상자가 보였다. 그걸 본 순간 갑자기 긴장이 탁 풀렸다.

"휴우……."

그림을 찾아 한 손에 들고 가방을 멘 채 세관을 향해 나갔다. 다시는 그림 같은 거 수하물로 부칠 게 아니라는 생각을 하면서 여권은 가방에 넣고 프린트로 뽑은 티켓과 좌석표, 수하물 태그까지 모두 쓰레기통에 버렸다. 홀가분했다. 배낭을 멘 뒤 가방을 끌고 그림은 옆구리에 낀 뒤 세관신고서를 제출하고 밖으로 나왔다.

6월 말의, 습한 한국의 여름 날씨가 기다렸다는 듯 들이닥쳤다. 애리조나처럼 강한 햇살은 아니었지만, 눈이 부셨다. 아버지가 알려준 새 주소를 보며 정릉으로 가는 리무진 버스에 오른 뒤에야, 케빈은 완전히 안심할 수 있었다.

하지만 곧바로 더 큰 걱정이 밀려오기 시작했다.

'이 그림을 어떻게 팔아야 하지? 잘 팔 수 있어야 하는데…….'

한 시간여 뒤 버스에서 내려 아버지가 준 약도에 따라 언덕길을 걸어 올라가면서, 케빈은 아무 연고도 없이 낯선 동네에 굴러 들어온 아버지의 신세가 한심스러웠다. 언덕을 올라가자 이윽고 단독주택과 빌라들이 밀집해 있는 동네들이 나타났다. 길가의 공중전화에서 집에 전화를 걸었지만 아버지는 받지 않았다. 아버지 역시 케빈이 오는 날이란 걸 알고 있을 것이다. 애초에 공항까지 마중 나오리라는 건 기대도 하지 않았다. 집에서라도 기다렸으면 하는 심정이었다.

한국의 주소는 정말 찾기가 힘들었다. 아버지가 그려 스캔해서 보낸 이메일을 보면 금성슈퍼가 있어야 하는데 어디에도 슈퍼는 보이지 않았다. 물어물어 금성슈퍼를 찾던 중, 부동산을 발견하고 거기서 길을 물어보았다. 부동산 주인은 약도가 거꾸로 그려졌다고 말했다. 오른쪽 골목으로 들어가야 금성슈퍼가 나온다는 말에, 땀을 흘리며 언덕길을 올라 마침내 금성슈퍼 바로 뒤에 있는 빌라를 발견했다. 적어준 대로 건영빌라였다. 101호라 1층일 줄 알았더니 반지하였다. 아버지의 몰락이 다시 한 번 피부로 느껴졌다. 마음이 무거워졌다. 하지만 이내 들고 있는 그림을 생각하자 든든한 구원군이라도 만난 듯 얼굴에 미소가 번졌다. 초인종을 눌러도 반응이 없어 문손잡이를 돌리자 스르르 열렸다. 아버지는 문을 잘 잠그지 않고 지내는 모양이었다. 어둑한 실내에 들어서자 낯선 거실 바닥에 아버지가 쓰러져 자는 게 보였다.

"아빠, 저 왔어요."

몇 번을 소리치자 잠자던 아버지는 몸을 뒤척이며 잠에서 깼다.

"와, 왔냐? 들어와라. 미안하다. 공항에 못 나가서."

되는대로 덥수룩하게 기른 수염에 런닝셔츠 차림의 아버지는 초라해 보였다. 대낮인데도 아버지에게는 역한 술 냄새가 풍겼다.

"집 문을 잠궈야죠."

"뭐 어떠냐? 훔쳐갈 것도 없는데."

집안은 온통 퀴퀴한 홀아비 냄새로 가득했다. 현관 옆의 파키라 화분은 거의 말라죽어 있었다.

가방을 열어 아버지에게 주려고 사 온 야구모자와 티셔츠를 꺼내 건넸다.

"돈도 없는데 뭐 이런 걸 다 사 왔냐. 시차도 바뀌고 힘들 텐데 어서 자라."

케빈은 좌우를 둘러보았다. 반지하 창문으로 어렴풋하게 빛이 들어왔고, 방 하나에 부엌 겸 거실, 창 밑으로 창고 겸 베란다, 화장실이 있는 반지하 방이었다.

"미안하다, 아빠 꼬락서니가 이렇다."

말없이 케빈은 화장실로 들어가 샤워를 했다. 찬물을 뒤집어쓰자 몸에서 피어오르던 열기가 조금은 가라앉았다. 잠자리에 눕자 긴 비행과 걱정으로 인한 피로, 그리고 그림을 무사히 가져왔다는 안도감 때문인지 잠은 금방 왔다.

며칠 뒤 한국에 있었을 때 친했던 친구들 몇몇에게 전화를 걸었다. 중학교 때부터 세븐 클럽을 만들어 함께 놀던 친구들이었다. 지금은 모두 고등학생이 되어 입시 준비에 여념이 없을 터였다.

"태민이냐? 나 범준이야."

"어, 범준아? 어쩐 일이야, 미국이야?"

태민이는 반갑게 맞아주었다. 핸드폰 번호가 바뀌지

않았다.

"어, 나 한국에 왔어. 방학이라서."

"그래? 오, 웰컴. 미국은 참 방학이 빠르지? 와, 아직 6월 말인데. 좋겠다."

"한번 봐야지?"

"그래, 보긴 봐야 하는데…… 그런데 내가 요즘 좀 바빠. 기말고사 준비도 해야 하고."

"나도 알아. 요즘 바쁘다는 거."

한국 아이들은 이렇게 입시 준비로 늘 바빴다. 과외에 학원, 그리고 보충수업까지.

"그래, 나 오래 있을 거니까 연락 한번 해. 다음에 만나자."

"그래, 정말 반갑다."

다른 친구들도 다 그런 식이었다. 학교를 다니거나 아르바이트를 했다. 당장 어울려서 이야기도 하고 밥도 같이 먹으며 놀 만한 친구는 별로 없었다.

친구들이 다들 못 논다고 하자 며칠 뒤 케빈의 관심은 다시 그림 쪽으로 갔다. 케빈은 이제 본격적으로 그림을 알려야 한다는 생각이 들었다. 안 그래도 아버지가 그림에 관심을 보였지만, 그 그림이 어떤 건지는 알지도 못했다.

"그게 뭐냐?"

케빈이 방 한구석에 포장도 뜯지 않고 모셔둔 그림을 보고 아버지가 물었다.

"친구한테 그냥 얻어 온 그림이에요."

그걸로 끝이었다. 하긴 아버지가 그림을 본다 한들 뭔지 알 리가 없다는 생각이 들었다. 사실 케빈과 아버지는 몇 년간 떨어져 지내면서 약간은 어색한 사이가 되어 있었다. 남녀 간만이 아니라 부자지간도 오래 떨어지면 마음이 멀어지는 것이었다.

생각난 김에 나무 상자를 뜯어 꺼내본 그림은 아무 이상 없었다. 한국 화가의 그림이라 그런지 한국의 방에서 보자 더 잘 어울렸다. 아무리 봐도 싫증이 나지 않으면서 볼 때마다 은은한 감흥을 발하고 있었다. 한참을 들여다보노라면 그림 속의 집과 여인네들 그리고 아이 업은 중절모의 사내가 뭔가 사연을 가지고 있어 곧 소근소근 이야기를 들려줄 것만 같았다.

'정말 아름다운 그림인 걸.'

케빈은 그런 점에서 이 그림은 정말 명화인지도 모른다는 생각에 감탄이 절로 나왔다.

하지만 어떻게 해야 남들에게 이 그림의 존재를 알릴지 알 길이 없었다. 가격이 얼마나 나가는지 짐작도 못했다. 동네 PC방에 가 그림 감정 사이트나 옥션 등에도 들어가 보았지만 별로 달라질 건 없었다.

'삼청동이나 인사동에 가면 화랑들이 많구나. 그곳에 직접 가지고 가서 보여주면 어떨까?'

화랑에 대한 정보를 얻으며 어린 시절 아버지를 따라 한두 번 전시회를 보러 갔던 기억이 났다.

그림을 가지고 다니는 불편함을 생각해 사진을 찍어 먼저 보여주는 게 낫겠다는 생각이 들었다. 햇빛이 드는 환한 곳에 나가 그림을 세워놓고 미국에서 쓰던 디지털 카메라로 몇 장 사진을 찍었다.

케빈이 찾아간 삼청동의 화랑은 하얀 벽면에 크고 작은 그림들이 걸려 있었다.

"저어……."

카운터에 있던 여자가 물었다.

"어쩐 일로 오셨죠?"

"저, 그림을……."

"그림 전시라면 저기서 하고 있어요. 보시면 돼요."

"아니, 그게 아니라 그림을 좀 평가받고 싶은데요."

어이없다는 표정으로 여자는 케빈을 쳐다보았다. 고등학생으로밖에 보이지 않는데 그림을 평가해 달라는 게 무슨 말인지 영문을 모르는 눈치였다.

"무슨 그림 말씀하시는 거죠?"

"제가 그림 한 점을 갖고 있는데요. 이 그림이 얼마나 가치가 있는지 알고 싶어서요."

"저희는 그런 건 하지 않는데요."

가는 화랑마다 반응은 대동소이했다. 삼청동은 케빈이 미국을 가기 전까지만 해도 그렇게 복잡하지 않았는데, 지금 보니 온통 연인들의 물결이었다. 그새 많이 상업화한 것이었다. 한옥이 남아 있는데 화랑으로 개조하거나 식당으로 변해 있었지만, 케빈이 보기에 삼청동은 국적 불명의 짬뽕 거리였다.

제법 규모가 있는 화랑 한 군데에 들어가자, 기품 있게 생긴 중년 여자가 큐레이터로 보이는 젊은 여자들에게 그림 걸 위치를 지정해 주고 있었다. 한참 기다리던 케빈은 그 여자에게 말을 걸었다.

"저기요."

"무슨 일이세요?"

여자가 우아한 표정으로 다가와 물었다.

"제가 그림을 하나 가지고 있는데요. 값어치를 평가받으려면 어떻게 해야 하나 해서요."

"그림을요? 본인이 그린 건가요?"

"아, 아니오. 제, 제가 그냥 갖고 있던 거예요."

케빈이 말을 더듬으며 땀을 흘리자 여자는 이상하다는 표정으로 대꾸했다.

"어떤 그림인지 알아야 평가를 하죠."

"제가 소장하고 있는 그림인데요, 사진을 찍어 왔거든요."

여자는 잠깐 시간 낭비가 아닌가 싶은 표정이었지만 선선히 물었다.

"볼 수 있을까요?"

케빈은 재빨리 디지털 카메라를 꺼내 모니터에 그림을 불러왔다.

"화면이 작아서 잘 안 보이는데, 실례지만 이거 누가 그린 거죠?"

"박수창 화백이오."

"네? 박수창?"

"네."

여자는 쓰고 있던 고급 안경을 들어올리며 사진을 잠시 찬찬히 살폈다.

"음…… 저희는 박수창 화백의 그림은 취급하지 않거든요?"

여자는 케빈의 말을 믿는 것 같지 않았다.

"요즘 박수창 씨 그림은 가짜도 많이 나돌아다니고

있어서요. 이 화면만 보고는 알 수 없네요. 그리고 저는 그림 감정 전문이 아니에요."

"아, 네. 그럼 어떻게 하면 그림 감정을 받을 수 있을까요?"

"감정은 한국화랑협회에서 해요. 접수시에 감정료를 지불해야 하는데 대개 금세 감정결과가 나오지는 않아요. 진품 여부를 알려면 오래 걸릴 거예요."

여인은 잠시 난감해 하는 케빈을 보더니 말을 이었다.

"음, 원래 이게 정석은 아닌데. 인사동에 가시면 기념품점 옆에 '여민락' 이라는 그림 감정하는 집이 있어요. 오랫동안 그림 감정을 하신 분이세요. 거기 한번 가 보세요. 도움이 될 거예요."

"아, 네, 고맙습니다."

이제 실마리를 잡은 것 같았다. 케빈은 서둘러 인사동으로 발걸음을 옮겼다. 화랑 여인은 케빈이 나가는 걸 잠시 살피더니 큐레이터 한 사람을 조용히 불러 케빈을 가리키며 뭐라고 속삭이고는 어딘가로 전화를 걸었다.

경복궁 담장을 따라 내려가 이정표를 살피며 안국동 쪽으로 접어드니 서울 시내가 그동안 많이 변했음을 알 수 있었다. 인사동은 역시 외국인들이 많이 돌아다니는 한국의 대표적 관광의 거리였다. 그곳에서 여민락을 찾는 것은 어렵지 않았다. 화랑의 여자가 일러준 대로 커다란 기념품점 옆 골목으로 들어가자 '여민락' 이라고 쓰인 작은 간판이 붙어 있었다.

"계세요?"

문을 열고 들어가자 어두컴컴한 실내에 복도가 이어졌다. 좌우 벽에는 포장되어 있는 크고 작은 그림들이 잔뜩 쌓여 있었다. 마치 영화에 나오는 오래된 골동품 가게와도 흡사했다. 머리가 벗겨지고 금테 안경을 코에 걸친 오십대 후반의 한복 입은 남자가 쭈그리고 앉아 돋보기를 들고 오래된 동양화를 감정하는 중이었다.

"안녕하세요?"

"무슨 일이오?"

고개를 돌려 케빈을 본 사내는 의외라는 표정이었다.

"저, 그림 감정을 좀 받으려고요."

"그림? 어떤 그림인데?"

사내는 대뜸 케빈에게 반말이었다.

"박수창 화백 그림이에요."

그 말을 듣자 금테 안경을 쓴 사나이는 눈을 반짝였다.

"그림이 어디 있나?"

"지금 가지고 있진 않고, 사진만 찍어 왔는데요."

카메라를 내보이자 남자는 말했다.

"메모리 카드를 좀 뽑을 수 있나?"

메모리 카드를 꺼내자 사내는 벽면의 커다란 커튼을 걷었다. 놀랍게도 그곳에는 50인치는 되어 보이는 LCD 모니터가 떡 하니 버티고 있었다. 카드를 꽂아 그림을 불러오는데 순식간에 뜨는 걸 보니 컴퓨터도 최고급 사양이었다.

"흠."

사내는 무선 마우스를 조작하면서 아무 말 없이 화면에 뜨는 박수창의 그림 사진을 불러내 확대해 보면서 요모조모 살펴보았다. 화면이 커서인지 확대하자 픽셀 하나하나까지 도드라져 보였다.

"이 그림을 학생이 가지고 있다고?"

"네, 제, 제 거예요."

"집안에 전해 내려져 오는 물건인가?"

"아, 아뇨…… 아, 아니…… 네."

"기야, 아니야?"

"아, 네. 사, 사실은 친구 집안에서 갖고 있던 건데요. 제가 그걸 친구 부탁으로 가지고 온 거예요."

죄지은 것도 없이 말이 헛나왔다. 사내의 얼굴에서는 전혀 표정 변화가 읽히지 않았다. 한참 동안 모니터를 살펴본 뒤, 사내는 말했다.

"사진 상태가 좋지 않아. 삼각대를 쓰지 않았군. 여기 그림이 살짝 흔들린 게 보이지? 아무튼 그건 그거고. 모니터만으론 알 수 없으니 그림을 한번 가져와 봐. 그림은 실물을 직접 봐야 알거든. 박수창 화백 그림은 알다시피 요즘 워낙 고가이고 사람들에게 알려져서 가짜가 많은 거 알지?"

"네, 근데 가짜는 아닐 거예요. 제가 미국에서……."

"글쎄, 그건 지금 단정지을 수 없고……."

사내는 컴퓨터에서 메모리카드를 뽑아 다시 케빈에게 건네주었다.

"시간 나는 대로 그림 한번 들고 와 봐. 사이즈는 얼마나 되지?"

"글쎄요, 한 이 정도?"

두 팔을 벌려 그림의 사이즈를 말해 주자 사내는 묵묵히 고개만 끄덕였다.

"자, 여기 내 명함."

그게 다였다. 명함에는 '그림, 골동품 감정 전문가 원태진'이라고 적혀 있었다.

"아, 안녕히 계세요."

케빈은 사내에게 인사를 하고 가게를 나섰다. 인사동의 인파 속으로 다시 나온 케빈은 정신이 하나도 없었다. 비로소 한숨이 나오면서 긴장이 풀렸다. 그림을 들고만 나오면 누구든지 인정하고 쉽게 달라붙을 줄 알았지만 그렇지 않았던 것이다. 세상은 케빈이 어떤 보물을 갖고 있는지 몰랐고, 아무도 관심을 주지 않았다. 케빈은 가장 큰 걸로 고무신을 하나 사서 비닐봉지에 담아 집으로 돌아왔다. 그건 언제 만날지 모를 레슬리 할머니의 몫이었다.

하지만 케빈은 알지 못했다. 원태진이 메모리 카드에 있던 사진을 하드디스크에 조심스럽게 저장했다는 사실을.

# 예인이와의 만남

케빈은 한동안 한국 생활에 적응이 제대로 되지 않았다. 미국과의 시차 때문이었다. 대낮에도 잠이 솔솔 쏟아졌다. 오늘도 그랬다. 인터넷이 연결되지 않는 집에서 나온 케빈은 PC방으로 가 경매라든가 박수창의 그림 등에 대하여 이것저것 찾아보며 정보를 수집했다. 미국과 시간대가 맞으면 레슬리와 메신저로 대화를 나누고 싶었지만 아버지에게 간 뒤 접촉이 잘 되지 않았다. 쏟아지는 하품을 참으며 웹서핑을 하던 케빈은, 어느 순간 자신도 모르게 잠이 들었다. 10여 분을 잤을까, 옆자리에 누가 털썩 앉는 큰 소리에 잠에서 깬 케빈은 모니터 화면을 보았다. 화면에는 그새 메신저 쪽지 몇 개가 떠 있었다. 게임을 하고 있다는 세븐 클럽 친구들이었다. 미국에서 돌아왔다는데 알바 뛰느라 만나지 못해 미안하다는 내용도 있었고, 시험이 끝나면 곧 놀러 갈 수 있다는 것도 있었다. 몇몇은 학교에 다니며 제도권 안에서 입시경쟁에 동참했고, 주먹 쓰던 두엇은 아예 공부 관두고 생활전선에 뛰어들었다. 그래도 한국에는 이렇게 의지할 만한 옛 친구들이 있다는 게 케빈은 내심 기뻤다.

웅크려 자느라 뻐근해진 어깨를 주무르며 PC방을 나온 케빈은 집으로 향했다. 아버지는 아마 지금까지 자고 있거나 텔레비전을 보고 있을 거였다. 늘 잠겨 있지 않은 문을 열고 들어서자 어쩐지 집안에 상쾌한 기운이 감돌았다. 어질러져 있던 실내도 깔끔했다. 아버지가 모처럼 청소를 한 거였다.

"아빠."

"어, 나 화장실에 있다. 왔니?"

목소리와 함께 화장실에서 물소리가 났다.

"네, 저 지금 왔어요."

아버지는 원래 단정하고 깨끗한 사람이었다. 케빈의 단정함도 바로 아버지에게서 온 것이었다. 그러나 사업이 실패하고 가정이 깨진 뒤, 이렇게 정릉의 산골짜기 반지하방에 틀어박혀 집안을 엉망으로 해 놓고 지내다 모처럼 이렇게 옛 면모를 보여줬다.

방문을 열고 들어선 케빈은 이부자리가 깨끗이 정리되어 있고 자신이 가져온 가방과 배낭이 한쪽 구석에 가지런히 놓여 있는 것을 보았다. 그런데 어쩐 일인지 그림이 보이질 않았다. 심장이 쿵 떨어지는 것 같은 기분을 느끼며 케빈은 큰 소리로 다급히 물었다.

"어, 아빠! 그림은 어디 갔어요?"

"그림? 거실 베란다에 내놓았는데……."

그 말을 듣자 케빈은 허둥지둥 창문 쪽을 내다보았다. 반지하방 창문 밑에 1m 정도의 공간을 베란다 비슷하게 만들어 놓은 곳이 있었다. 이것저것 잡동사니가 쌓여 있었는데, 들여다보니 그림은 그곳에 어울리지 않는 분위기를 내며 오도카니 벽에 기대어 서 있었다. 그것을 본 케빈은 가슴을 쓸어내렸다. 화장실에서 나온 아버지가 물었다.

"그게 뭔데 그렇게 애지중지하냐?"

"아빠, 사실은요…… 이 그림이 어쩌면 비싼 그림일지도 몰라요. 박수창 화백이라고 아빠 들어 보셨죠?"

"알지."

심드렁하게 듣던 아버지는 케빈이 그림에 대해 자세

히 이야기하자 점점 눈이 점점 커졌다.

"그래? 이게 정말 박수창 화백의 그림일 수도 있단 말이지?"

"네, 여기 사인을 보세요. '수창' 이라고, 잘 안 보이긴 하지만 쓰여 있잖아요."

"음, 그렇구나. 그럼 그 레슬리라는 여자애 할아버지가 한국전쟁에 참전했다는 말이지?"

"네."

"자식이, 미국에서 공부하랬더니 여자 친구나 사귀고…… 하긴, 그럴 때긴 하지."

자초지종을 설명하려니 케빈은 레슬리의 이야기를 할 수밖에 없었다. 처음으로 꺼내는 이야기여서 어색했다. 아버지는 말없이 들었다. 약간은 놀라는 것 같았지만 크게 당황하는 것 같지 않았다. 오히려 케빈이 그림에 대해 설명할 때 눈을 반짝이는 것에 주목했다. 아들이 뭔가에 저렇게 열정적인 때가 없었기 때문이다.

"그래서, 어쩌려고?"

"그림 감정을 받아 봐야죠. 사겠다는 사람 있으면 팔려고요."

"글쎄…… 그게 쉬울까? 너같이 어린 애가……."

생각해 보니 그건 자신 없었다. 어른들의 세계가 어떤

지 잘은 모르지만 이 세상에 사기꾼과 도둑놈이 많다는 이야기는 익히 들었기 때문이다.

"그러면 제가 감정만 받아 보고요. 나중에 팔게 되면 아버지가 나서서……."

"그러든지."

이 그림은 자신이 구해서 가져온 것이기에 감정만이라도 스스로 받아 보고 싶었다. 이는 마치 길에서 노란 반지를 주워 금인지 구리인지 궁금해 근처 금은방에 들러 물어보는 심정이었다. 아버지는 케빈을 잠시 쳐다보고는, 고개를 끄덕였다.

"그래. 네가 가져온 그림이니까 한번 알아봐라. 세상 경험도 할 겸."

딱히 할일도 없는 아들이 그런 그림에 빠져 돌아다니다 별 가치 없다는 걸 알게 되는 것도 나쁘지 않다고 생각한 거였다. 이 세상에 횡재는 별로 없다는 걸 누구보다 잘 알기 때문이다. 부엌 쪽으로 가다가 문득 무언가가 생각난 아버지가 말했다.

"너 옛날에 초등학교 때 친구 아빠가 누구 화가라고 하지 않았니?"

"네? 화가요?"

그 순간 케빈은 어릴 적 생각이 났다. 초등학교를 다

닐 때, 같은 반 예인이가 자기 아버지가 화가라고 자랑했던 기억이 났다. 언젠가 환경미화가 있을 때, 예인이 아버지가 와서 교실을 이렇게 꾸미고 저렇게 꾸미라고 코치해 준 적도 있었다. 예인이의 아버지는 파이프 담배를 물고 베레모를 쓴 채 멋진 빨간 자동차를 타고 학교에 왔다. 겉만 보면 전형적인 화가의 모습이었다. 케빈은 황급히 PC방으로 갔다. 예인이 아버지가 화가라면 그쪽 사정을 잘 알 것이고, 만에 하나 속지 않을 수 있었기 때문이다. 메신저에 접속해 초등학교 동창이었던 민석이에게 쪽지를 보냈다. 예인이의 핸드폰 번호를 알기 위해서였다.

—야, 예인이 핸드폰 번호 좀 알려줘.
—예인이? 나도 몰라. 은진이한테 물어볼게.

은진이도 초등학교 동창이었다.

이윽고 예인이의 핸드폰 번호가 적힌 쪽지가 도착했다. 그걸 수첩에 받아 적은 케빈은, 집으로 돌아오자마자 전화를 걸었다. 한참만에 전화를 받은 예인은 속삭이는 목소리로 대답했다.

"지금 학원이니까 나중에 전화할게요."

그리고 전화를 급하게 끊었다. 낯선 번호여서 그러는 모양이었다. 10여 분이 지나자, 집 전화가 요란하게 울렸다.

"여보세요?"

벨 한 번 만에 케빈은 전화를 받았다.

"네, 누구세요?"

성숙한 목소리였다.

"예인이니? 나 범준이야. 황범준."

"버, 범준이?"

"초등학교 동창이잖아. 너랑 과외도 같이했는데."

"아, 맞다, 맞어. 기억나. 오랜만이네."

초등학교 때까지 과외도 같이하며 친하게 지냈던 두 아이였다.

한번은 예인이네 집에 놀러 갔을 때였다.

"범준아, 너 그거 알아?"

"뭐?"

"내가 저번에 학교에 좀 일찍 갔을 때 교실에 가 보니까 민석이랑 연희랑……."

"응."

"걔네들 뽀뽀하고 있었다."

"정말?"

"응."

범준은 자기도 모르게 얼굴이 붉어졌다. 그 순간 예인이가 말했다.

"우리도 해 볼까?"

처음이었다. 범준이 여자의 부드러운 입술과 촉촉한 타액, 그리고 오돌도돌한 혀의 촉감을 느껴 본 것은.

하지만 세월의 흐름은 전화 속 예인이 케빈을 쉽게 생각해내지 못하게 만들었다.

다음날 밤 10시, 케빈은 강남의 학원가에 서 있었다. 2년간 약정을 하고 공짜로 새로 장만한 핸드폰으로 학원 앞에 도착하자마자 문자를 보냈다. 한국 핸드폰의 문자 입력 방식이 익숙하진 않았지만 금세 이해할 수 있었다.

—나 지금 너네 학원 앞이야.
기다리고 있을게.

10여 분이 지나자 학원가 앞을 가득 채운 차들이 시동을 걸기 시작했고, 거의 모든 건물에서 아이들이 쏟아져 나왔다. 버스와 승용차들이 몰려들어 아이들은 학원버스나 자가용을 타고 집으로 뿔뿔이 흩어졌다. 학원의 야간 강습이 금지된 이후로 생겨난 풍경이었다.

잠시 후 아담한 키를 가진 야무진 표정의 여학생이 케빈에게 다가왔다.

"범준이니?"

"응."

"어머, 너 많이 컸구나."

키가 180센티 넘는 케빈을 보고 예인은 깜짝 놀랐다.

"미국물이 좋긴 좋은가 보다, 얘. 이렇게 큰 거 보니깐."

"뭐, 꼭 그렇지도 않아."

두 아이는 나란히 길을 걸었다.

"어떻게 지냈어? 미국 갔단 소리는 들었는데."

"응, 방학해서 한국으로 왔어."

예인이에게 차마 학교를 다니기 힘들게 되었다는 얘기는 할 수 없었다. 두 아이는 이야기를 나누기로 하고 근처의 커피숍에 들어가 앉았다. 커피 두 잔을 시킨 뒤 창밖을 내다보며 이야기를 나누었다.

"자, 이거 선물이야."

혹시나 해서 친구들에게 나눠주려고 비행기 안에서 산, 성조기가 박힌 파카 수성 볼펜을 건네주었다.

"그래, 고마워."

예인은 볼펜을 받아 주머니 안에 넣었다. 몸매는 작고 아담했지만 어느새 성숙한 여자로 컸음을 알 수 있었다.

"공부하느라 힘들지?"

"뭐, 그렇지."

얼굴 곳곳에 발긋발긋 작은 여드름이 나 있는 예인은 눈을 반짝이며 케빈의 얼굴을 보았다.

"우리 어린 시절 재미있었는데."

철없던 뽀뽀의 추억을 돌이키며 케빈이 말하자 예인은 얼굴이 붉어졌다.

"나 곧 과외가 있어서 길게 이야기는 못해. 용건 있으면 빨리 말해 줘."

"그래, 알았어. 너 얼굴도 보고 싶었고, 부탁할 게 있기도 해서 연락했어."

"부탁이라니? 뭔데?"

케빈이 사정을 설명했다. 자신이 미국에서 우연히 그림을 한 점 가져오게 되었고, 그 그림에 대한 감정을 한번 받아 보고 싶다는 거였다.

"어머, 박수창이면 미술 시간에도 많이 배웠어. 얼마 전에 그림이 비싸게 경매에 나왔다 그러던데."

"이 그림이 진짠지 가짠지를 모르겠어. 그래서 감정을 받으려고."

"그렇구나. 그 사람 그림 중에 위작이 많다는 것 같았어. 우리 아빠도 그런 말씀하신 적 있고."

예인이 아버지는 평생을 그림을 그린 아마추어 화가였다. 그림 실력이 부족하다 보니 프로 화가들 스폰서를 자처하며 여기저기 모임에 쫓아다니긴 했지만, 기본적인 재능 없음은 그런 것으로 결코 커버되지 않았다. 돈을 주고 남의 그림들을 사 오거나 경매하는 곳, 혹은 전시회에 부지런히 쫓아다니긴 했지만, 예인이 말에 의하면 영양가 있는 일을 별로 해 본 적은 없다는 거였다. 이렇게 주목받지 못하는 무명 화가임에도 불구하고, 요행히 큰 병원장의 딸이면서 산부인과 전문의인 예인의 어머니를 아내로 둬 생활고를 겪지는 않았다.

"근데 감정 받은 다음엔 어쩌려고?"

"그, 글쎄. 팔아야겠지."

"……."

판다는 말에 예인은 모든 걸 짐작하는 눈치였다. 헤어지면서 예인은 말했다.

"우리 아빠한테 한번 여쭤 볼게. 전화 다시 할게. 그럼 나 간다. 만나서 반가웠어."

그렇게 말하고 자리에서 일어나 커피숍을 나온 케빈을 예인이 불러 세웠다.

"범준아."

작별인사를 하고 싶었다.

"악수해도 돼?"

예인이가 얼굴을 살짝 붉히며 손을 내밀었다. 케빈은 자신의 투박하고 굵은 손을 내밀어 예인이의 부드러운 손을 잡았다. 레슬리와는 또 다른 느낌이었다.

집으로 돌아오는 전철 안에서, 케빈은 예인이와의 만남을 곱씹었다. 예인이의 맑고 또랑또랑한 목소리와, 비록 입시 공부로 피곤에 지친 기색이 있긴 했지만 총기 어린 눈빛이 오래도록 잔상으로 남았다. 레슬리를 두고 예인을 너무 오래 생각하는 건 도리가 아니라는 생각에 케빈은 고개를 힘껏 몇 번 저었다.

예인의 집에 케빈이 찾아간 것은 한 주가 지난 일요일이었다. 전날 예인이가 전화를 걸어온 거였다.

"우리 아빠가 그림 좀 보자셔. 그림 좀 가져와 봐. 들고 올 수 있어?"

"좀 크긴 하지만, 가져가 볼게."

그림을 들고 나가자 외출 준비를 하던 아버지가 말했다.

"거 봐. 아빠 말대로지? 예인이네 아버지 말 잘 들어

봐. 혹시 아냐? 대박날지."

그러면서도 아버지는 설마 하는 표정이었다.

"네, 알았어요."

케빈은 그림을 들고 지하철을 타서 예인이가 사는 강남으로 갔다. 강남의 번화한 거리 뒷길로 들어서자, 예상 외로 조용한 아파트촌이 나왔다. 예인이가 사는 주상복합 아파트 단지에 들어서 문자로 찍어준 호수를 찾아 올라가려 하는데, 입구에서 경비원이 케빈을 멈춰 세웠다.

"어쩐 일이시죠?"

"천이백삼호에 찾아왔는데요."

"그래요? 손님이 온다더니 들어가 보세요."

예인이가 미리 말해 준 거였다. 엘리베이터를 타고 올라가 1203호의 문을 두드리자 파란색 트레이닝 복을 입고 긴 생머리를 푼 예인이가 문을 열었다.

"어서 와, 범준아."

예인의 안내를 받으며 집으로 들어서니 실내는 화가의 집답게 벽이 온통 그림들로 장식되어 있었다.

"아빠, 범준이 왔어."

"어, 그래. 왔구나."

혈색 좋은 예인이의 아버지가 큰 방에서 나왔다. 초등

학교 때 본 모습과 별로 차이가 없었다.

"어서 와라, 범준이. 많이 컸구나. 이 녀석 기골이 장대한 걸?"

"아, 안녕하세요?"

"미국에서 공부한다고? 이야기는 들었다. 박수창 화백의 그림일 수도 있는 걸 가져왔다고?"

"네, 이거예요."

포장을 벗기고 그림을 보여주었다. 그림을 앞뒤로 세세히 살펴보던 예인이의 아버지가 말했다.

"박수창 그림 같긴 한데, 나는 뭐 그림 감정 전문가는 아니라 정확히 모르네. 워낙 위작이 많아서……."

한참 그림을 바라보던 예인이 아버지가 말했다.

"이게 만일 진짜라면, 대박이지. 내가 전화 한번 해보마."

핸드폰을 꺼내 드는 걸 보면서 예인이 케빈을 자기 방으로 잡아끌었다.

"범준아, 온 김에 놀다 가."

예인이의 방은 부잣집 방답게 널찍하고 훤했다. 널찍한 창문이 남향으로 나 있어 채광과 통풍이 아주 잘 되었고, 벽면 한쪽으로는 참고서와 문제집이 가득 꽂혀 있는 책장이 있었다. 게다가 고급 책상에 최신형 컴퓨터까지, 공부하기에 최적의 환경이었다. 청소를 조금 전에 했는지 방 안은 먼지 한 톨 없이 깨끗했다. 인테리어 잡지에 나올 만한 방의 품격 있는 모습을 보고, 케빈은 입이 떡 벌어졌다. 엉망으로 해 놓은 채 살고 있는 레슬리와는 너무도 비교되었다.

"우리 아빠가 그러는데, 그쪽에는 사기꾼들이 엄청 많대."

"나도 들었어. 조심해야지."

예인은 뭔가 석연치 않은 표정이었다.

"왜? 뭐 맘에 안 들어?"

"아니, 그냥. 이런 그림 팔고 사는 건 어른들 일인데 너 같은 애가 이러니까 좀 이상해서."

"나도 일이 이렇게 될 줄 몰랐어. 그림이 진품이면 아버지가 나설 거야."

"아무튼 좀 그래. 이런 횡재가 정말 있는 건가 싶기도 하고……."

"제비뽑기 한 번도 뽑혀 본 적 없어. 그런데 이런 꿈 같은 일이 벌어지기도 하더라구."

잠시 후 예인이의 아버지가 방문을 노크하고 들어와 말했다.

"야, 이거 내가 보기엔 아무래도 진품인 것 같다. 그림이 주는 독특한 에스프리가 있어. 흠, 내가 지금 전화 몇 군데 걸어 봤거든? 그 가운데 한 군데랑 약속이 되었으니까 그곳에 한번 가 봐라."

"예?"

"인사동에 있어."

또 인사동이라고 했다.

"자, 명예당(名藝堂)이라는 곳이야. 대표는 김문성 씨다. 내가 잘 아는 사람인데, 그림 감정에 있어선 권위자다. 진품인지 위작인지 단번에 알려줄 거다. 알았지?"

"고맙습니다."

"고맙기는. 그래, 좀 더 놀다 가라."

예인이의 아버지가 나가자, 예인은 샐쭉거리며 말했다.

"우리 아빠는 폼만 재지 실속이 없어."

"왜?"

"평생 그림만 그렸다면서, 다 허울 뿐이야. 엄마 말이 아빠는 재능이 커나가질 못했대. 사실 아빠가 잘 안다고 하는 사람도 찾아가 보면 정작 그 사람은 아빠를 잘 모를 때도 있어. 우리 엄마가 아빠 보고, 너희 아빠는 껍데기만 있다고 매번 그러시거든. 내가 봐도 그런 것 같아. 나한테 만날 그러셔. 우리 아빠 같은 사람 만나지 말라고. 노력하려면 끝까지 해야 한다는 거야. 그러면서 나는 꼭 성공을 해야 하고 엄마 병원 물려받아야 한다는 거야."

하긴 미국에서도 예술을 한다는 사람들은 늘 배고프고 힘든 삶을 살곤 했다. 현실감이 떨어져 돈벌이가 잘 되지 않기 때문이었다.

"그럴 생각이야?"

"응."

예인은 고개를 끄덕였다.

"나, 의사 되는 게 좋아. 엄마가 걸은 길을 따라 걷는 게 수월할 것 같아. 병원도 이미 있고……."

미국 속담대로 예인은 태어날 때 이미 은수저를 입에 물고 있는 아이였다.

"그나저나 미국은 입시 스트레스가 적지? 대학은 어떻게 할 거야?"

"글쎄, 아직 결정하진 못했는데, 사실 미국에서 학교 다니는 게 쉽지 않은 상황이 되었어. 요즘 워낙 경기가 어려워서 아버지 사업이 바닥이야. 하지만 뭐, 다시 일어나시겠지. 우리 아버지는 워낙 사업을 많이 하셔서, 어렵다가도 좋아지고 그래."

"하긴, 우리 엄마도 병원 하시는데, 잘 될 때도 있고 안 될 때도 있어. 요즘엔 경기가 안 좋아서 사람들이 다

들 죽기 직전이 되어서야 온대. 그래서 병원도 어렵다 그러고."

병원장인 예인이의 엄마는 워낙 바빠서 초등학교 때부터 집에 없는 시간이 많았다. 지금도 그랬다.

"아, 나 네 시부터 과외 있는데. 미안하지만 가 봐. 나중에 또 만나자."

"알았어."

그림을 싸서 들고 나오며 케빈은 예인과 작별 인사를 했다.

"시험 곧 끝나. 나중에 시험 끝나면 같이 영화라도 보러 가자."

"그래, 반가웠어."

미국 같으면 작별인사를 할 때 가볍게 허그를 하거나 볼을 맞대기라도 할 텐데, 한국에선 그런 것이 익숙하지 않았기 때문에 말없이 눈만 마주치고 엘리베이터에 올라탔다. 초등학교 시절, 치마를 확 들추면서 아이스께끼를 하면 눈을 동그랗게 뜨고 흙을 뿌리던 그 예인이가 벌써 저렇게 커서 숙녀 티가 나는 것을 보자 정말 세월이 빠르다는 것을 느꼈다. 엘리베이터에서 내려 아파트 단지를 빠져나오던 케빈은 생각난 김에 예인 아버지에게 소개받은 인사동의 감정소에 가 보기로 했다.

미리 전화를 걸어 위치를 확인한 명예당은 전에 갔던 여민락의 정반대 쪽에 있었다. 골목길에 접어들자 한옥풍으로 지어진 한정식 집이 죽 늘어서 있었다. 그 가운데 한쪽, 자그마한 간판을 건 감정소가 있었다. 문을 열고 들어서자 60대 초반으로 보이는 노인이 환한 얼굴로 케빈을 맞아주었다.

"황범준 군인가?"

"네."

"음, 내가 김문성이야. 이 그림이 바로 그 그림인가?"

"네, 그렇습니다."

그림을 보여주자 사내의 눈이 반짝였다.

"으흠, 처음 보는 작품이군."

김문성은 돋보기를 대고 살피다가 DSLR카메라를 가져와 몇 장의 사진을 찍었다. 그리고는 말했다.

"진품인지 위작인지 나 혼자 판단하긴 좀 어려워. 이 그림을 판단하려면 사람들을 불러다가 종합적으로 토론을 해야 하거든. 종합병원에 환자가 오면 각 과목의 진료 의사들이 모여서 종합 토의를 하는 것과 같지."

"아, 네."

화랑 여자도 그 비슷한 얘기를 했던 기억이 났다.

미국 드라마인 〈하우스〉를 보면 그런 장면들이 많이

있었다. 하우스 박사는 자기의 레지던트들을 모아놓고 환자의 증상을 각자 소신껏 전공 분야 내에서 이야기를 하게 한 뒤, 이를 종합해서 판단을 내렸다. 아마 이번에도 그러려는 모양이었다.

"한국에는 전문적으로 박수창의 그림 감정을 하는 사람이 나를 포함해 세 사람이 있지. 평소에는 서로 라이벌처럼 티격태격하지만, 중요한 작품들이 오면 함께 의논을 하지. 혼자 결정했다간 혹시 감정이 틀릴 수도 있어서 말이야."

"아, 그렇군요."

"그래서 그분들을 모셔다가 이야기를 나눠 봐야 해. 자네, 그림 좀 여기에 두고 가지."

케빈의 얼굴이 굳어지자 노인은 말했다.

"하하, 걱정할 거 없어. 보관증을 써줄 테니까."

하지만 보관증을 한 장 받아가는 것으로는 안심이 되지 않았다. 여전히 케빈의 표정이 풀어지지 않자, 노인은 덧붙였다.

"여보게, 젊은 친구. 나는 이 바닥에서 40년 이상 굴러먹은 사람이야. 공짜로 자네 그림 감정하는 거 아니야. 감정가를 다 받지."

그 말을 듣자 케빈은 조금 안심이 되었다. 미국에서도

이렇게 돈이 걸린 거래는 비교적 투명하게 이루어졌기 때문이다.

노인은 서랍을 열어 보관증 양식을 꺼내더니 직접 붓을 꺼내 작성하기 시작했다. 작품의 규격, 재질 등을 자세하게 적더니 '위의 작품을 감정을 위하여 정히 보관함을 확인함' 이라고 휘갈겨 쓴 뒤, 도장을 찍어 케빈에게 건네주었다.

"자, 그림 감정이 끝나는 대로 연락을 줄 테니 그때 와서 이야기를 나눠 봄세."

보관증을 받고 나오자마자 후덥지근한 바깥 공기에 제정신이 들며 문득 노인에 대한 의심이 고개를 들었다. 갑자기 세상은 온통 사기로 가득 찬 곳만 같았다. 길거리를 지나다니는 사람들 모두가 이 인사동에서 사기를 쳐서 먹고살려고 온 사람들로 보였다. 외국인까지도 무슨 꿈수를 두러 한국에 왔나 싶은 생각이 들었다.

'안 돼, 이러면 안 돼.

고개를 세게 저으며 케빈은 의심마귀를 떨쳐내려고 애썼다.

케빈은 어느새 예인이와 계속 문자를 주고받는 관계가 되었다. 시작했다 하면 하루에 수십 통씩 문자를 주고받자 급속도로 다시 친해지는 느낌이었다. 초등학교 동창이었다는 사실이 두 사람을 더욱 가깝게 만들었다. 레슬리가 마음에 약간 걸렸지만 이건 별거 아니라는 생각으로 애써 찜찜함을 떨구는 케빈이었다.

—그림 안 돌려주면 어떡하지?

—걱정하지 마. 우리 아빠가 소개한 거잖아. 그리고 그 사람 믿을 만한 사람이랬어.

—그건 그렇지만…….

이렇게 케빈은 그림 감정에 대한 긴장감을 예인이와의 문자로 풀곤 했다.

그림 감정 결과가 나오길 기다리는 시간들이 꿈만 같았다. 매일 밤마다 그림에 관한 꿈을 꾸었다. 한번은 꿈속에서 인사동의 그 감정소까지 찾아가 몰래 그림을 보기까지 했었다. 자기 그림을 제대로 감정하고 있는지 궁금했던 것이다. 어젯밤 꾼 꿈은 다소 불길했다. 감정소에 찾아갔는데 사람은 물론, 그림도 없었던 것이다. 아무것도 없었다.

김문성의 연락이 온 것은 정확하게 1주일 뒤였다. 감정료 50만원을 가지고 오라는 거였다. 케빈은 쓰고 남은 비상금 500불을 은행에서 바꿔 달려갔다.

"한 분 오실 거야. 저번에 모여서 회의를 했는데, 오늘 자네가 온다니까 보고 싶다더군."

김문성의 말이 끝나자 누군가가 들어섰다.

"아…… 안녕하세요?"

낯익은 그는 여민락의 주인 원태진이었다.

"음, 그래. 이 그림이라면 자네가 가져왔던 그림 맞지? 그럴 줄 알았어."

지은 잘못도 없는데 뜨끔한 기분으로 케빈은 앉아 있었다.

"우리가 감정해 본 결과, 이 그림은 진품이야."

김문성의 말을 원태진이 이어받았다.

"일단 집으로 가져가서 잘 보관하고, 나중에 팔 마음이 있을 때 우리에게 얘기하면 우리가 옥션 같은 곳에 알려주지."

그들의 친절에 케빈은 약간 당황하며 말했다.

"네, 아, 아빠랑 의논해 볼게요."

그림을 가슴에 품고 나온 케빈은 이게 꿈인지 생시인지 알 수가 없었다. 그야말로 로또 복권 1등에 당첨된 기분이었다.

"이, 이게 정말 지, 지, 진품이란 말이지?"

이젠 모든 문제가 해결된 셈이었다. 비싼 값에 낙찰만 된다면 정말 대박이었다. 감정료를 지불하고 나온 케빈은 사기와 거짓으로 가득 찬 세상에서 깨지기 쉬운 크리스탈 접시를 손에 들고 있는 기분이었다. 이제부터 잃어버리거나 손상되지 않도록 보관을 더욱 잘 해야겠다는 생각이 들었다.

집에 돌아와서 그림을 잘 보관한 뒤, 케빈은 예인이와 만나기 위해 강남으로 갔다.

그림을 도난당한 건 바로 그날 저녁의 일이었다.

## 그림을 찾아서

귀신이 곡할 노릇이었다. 예인을 만나 모처럼 들떠서 대화를 나눈 뒤 집에 바래다 주고 돌아와 보니 방 안에 곱게 모셔놓은 그림이 감쪽같이 사라진 거였다. 관자놀이의 맥이 급하게 뛰는 게 느껴졌다. 아버지도 없는 빈 집을 샅샅이 뒤져 보았지만, 아무리 찾아봐도 그림은 보이지 않았다.

"그림이 어디 갔지?"

황급히 아버지에게 전화를 걸었다. 하지만 아버지는 전화를 받지 않았다. 핸드폰이 아예 꺼져 있었다. 곰곰이 생각해 보니, 집에 들어올 때 현관문이 열려 있었다. 문단속이 부실한 집이기에 무심히 여겼는데 그게 큰 실수였다.

'틀림없이 도둑이 든 거야.'

그림만 골라 집어간 것이 아무래도 계획적인 범행이었다. 혹시 하는 마음에 아버지에게 애타게 전화를 걸었지만 연락은 되지 않았다. 결국 그날 밤 아버지는 집에 들어오지 않았다. 그러자 더욱 불안해진 케빈은 미칠 것 같은 심정으로 예인에게 전화를 걸었지만 언제건 통화하려고 가지고 다니는 핸드폰은 이렇게 결정적인 순간 꼭 꺼져 있게 마련이었다.

그림은 처음 케빈의 손에 들어왔을 때부터 지금까지 끊임없이 케빈에게 예상치 못한 고통을 주고 있었다. 그날 케빈은 뜬눈으로 하얗게 밤을 지새웠다. 잠이 도무지 오지 않았다. 들어오면 상의하려 했던 아버지는 계속 연락이 되지 않았다. 이제 경찰에 신고하는 것 말고는 더 방법이 없었다.

아침 일찍 케빈은 동네 입구에 있는 지구대로 향했다. 순찰차가 한 대 서 있는 지구대 앞 조그만 주차장에서 경찰관 한 명이 나와 담배를 피우고 있었다. 눈치를 보며 케빈이 바장이자 경찰관이 물었다.

"무슨 일이냐?"

"우, 우리 집에 도둑이 들었어요."

"그래? 들어와 봐라."

피우던 담배를 끄고 경찰관은 케빈을 지구대로 불러 들였다.

"자세히 이야기해 봐."

모니터를 들여다보며 주민등록번호를 입력해 본 뒤 경찰관은 케빈을 바라봤다.

"집에 있던 그림을 누가 훔쳐갔어요."

케빈이 자세히 설명하자, 경찰관은 도난 신고를 접수한 뒤 고개를 끄덕이며 말했다.

"너희 집으로 한 번 가 보자."

경찰관은 옆에 케빈을 태운 뒤 순찰차를 몰고 케빈의 집으로 향했다.

"그림은 무슨 그림이야? 어디 놨던 거지?"

집에 들어온 경찰관이 물었다.

"바, 박수창 화백의 그림이에요."

"박수창 화백?"

"얼마 전에 비싸게 경매되었다고 신문에 난……."

"그 유명한 박수창? 그 사람 그림 되게 비싸잖아?"

경찰관은 못 믿겠다는 듯 집안을 슥 훑어본 뒤 케빈의 눈을 바라보았다. 이런 가난한 집에 그 유명한 박수창의 그림이 있었으리라는 생각이 들지 않았던 것이다.

"제가 미국에서 가져온 그림이에요."

"어떻게 생긴 그림인데?"

"사진 찍어놓은 게 있어요."

케빈이 카메라를 찾았지만, 역시 그것도 눈에 띄지 않았다.

"어? 분명히 여기 놔뒀었는데?"

책상 위에 올려놓았던 카메라가 보이지 않았다. 혹시나 해서 감정서가 들어 있는 서랍을 열었다. 그런데 감정서도 사라지고 없었다. 집안을 온통 뒤져도 그 물건들은 없었다. 아빠의 낡은 수첩만 안방 서랍에서 발견했을 뿐이었다.

그 순간 케빈은 다리가 풀려 주저앉고 말았다. 그림 관련 증거가 모두 한순간에 사라져 버린 것이다. 심지어는 비행기표와 그림을 부칠 때 받은 태그조차 공항 쓰레기통에 버린 것이 기억나 눈물나도록 후회되었다.

"어떻게 된 거야? 자세히 얘기해 봐라."

경찰관이 대답을 재촉하자, 케빈은 그림에 관한 모든 일들을 털어놓았다.

"그러니까 네가 사진을 찍어서 감정도 하러 갔었고, 감정서까지 받았단 거냐?"

"네, 근데 다 없어졌어요. 아무래도 제가 그 그림을 가지고 있다는 사실을 아는 사람이 한 짓 같아요."

"음, 누군가가 그 그림을 노린 것 같구나. 네가 인사동에 그림을 들고 다니는 걸 누군가 유심히 본 것 같아. 일단 사건 접수시키고, 수사를 시작해야 하겠는데."

경찰관은 이것저것 더 물어본 뒤 돌아갔다. 맥이 풀린 케빈은 인사를 하는 둥 마는 둥 하고 바닥에 털썩 주저앉았다. 그 그림에 모든 희망을 걸었는데, 이렇게 허무하게 없어질 줄은 꿈에도 몰랐던 것이다.

"휘유……."

깊은 한숨만 나왔다. 한숨이 부른 것처럼 그때 예인이의 문자가 날아왔다.

—오늘 저녁에 만날 수 있어?

예인이와 만날 기분은 아니었지만, 케빈은 경찰에 신고한 이상 달리 할 일도 없었다.

그날 저녁 강남의 학원가에서 케빈은 예인이를 다시 만났다.

"오늘은 과외 없어?"

"응, 과외 선생님이 개인적인 일이 있다고 오늘은 자

습하랬어."

둘은 다시 예의 그 커피숍에 들어가 자리를 잡고 앉았다.

"그림을 도둑 맞았어."

"뭐, 뭐라고?"

예인은 깜짝 놀라 눈을 동그랗게 떴다. 예인의 그런 반응을 보자 비로소 이건 큰일이라는 실감이 새롭게 들어 케빈은 더듬거리며 전후 사정을 이야기했다.

"어쩜 좋으니? 그림이 없어져서."

놀란 가슴을 애써 진정한 예인이 자기 일처럼 어두운 얼굴로 차분하게 물었다.

"나도 몰라. 하도 황당한 일이라서."

"너희 아빠는 뭐라셔? 뭐 좀 짚이시는 거 있대?"

"아빠가 요즘 빚 때문에 정신이 없으시거든. 그래서 그림에 신경 쓰실 틈이 없어."

"그렇구나. 하도 정신없으셔서 문도 안 잠그고 가신 거 아냐? 그래서 그걸 우연히 본 도둑이 너희 집에 뭐라도 좀 가지러 들어갔는데, 마침 비싸 보이는 그림이 보였던 거지. 그걸 보고 마음이 확 끌려서 훔쳐간 것 같은데."

나름대로 날카로운 예인의 추리였다.

"그런 우발적인 범행은 아닌 것 같아. 그림은 물론 감정서와 카메라까지 훔쳐간 거 보니 나에 대해 잘 아는 사람인 것 같아. 계획도 치밀하게 세운 것 같고."

"너무 상심하지 마."

예인은 다정하게 케빈을 위로해 주었다. 그림을 잃어버리고 세상이 무너지는 것 같았던 케빈의 마음에 예인의 다정한 위로는 촉촉한 단비와 같았다. 어깨를 두드려 주는 작고 하얀 손이 그렇게 부드러울 수 없었다.

"사실은 나 그 그림으로 모든 걸 해결하려고 했었어. 아버지 사업 밑천도 대 드리고, 어쩌면 그걸로 내가 계속 공부를 할 수도 있을 거라고 생각했거든."

"음……."

"사실 그 그림, 내 것도 아니야."

케빈은 비로소 레슬리 이야기를 해 주었다.

"미국에 여자 친구가 있거든. 걔네 할아버지가 우리나라에 6·25 때 왔다가 얻은 그림이래."

레슬리의 이야기를 듣자, 예인은 살짝 케빈 쪽으로 기울였던 상체를 바르게 폈다.

"좋겠다 너는, 이성 친구도 있고."

다 식어버린 커피를 마시며 예인이가 말했다. 금세 샐쭉해져 있었다.

"그냥 친구야. 너는 남자 친구 없어? 학원에서 못 사귀나?"

"입시 때문에…… 시간이 별로 없잖아."

예인이의 얼굴에 살짝 우수가 드리워졌다.

"너는 공부만 하면 되잖아. 너희 집은 부자니까."

"첫, 그런 게 뭔 소용이야. 우리나라 애들은 대개 왜 공부해야 하는지를 모르는데."

"왜 공부하긴 왜 공부해. 공부해서 대학 가야지."

"대학 나오면?"

"취직하고, 사회에 진출하는 거지."

"그게 인생이라면 너무 답답하지 않아? 그래서 결혼하고, 가정을 꾸리라고? 그랬다가 남편하고 애 키우면서 티격태격 싸우다가 결국은 사이 나빠지는 거?"

사이가 나빠진다면 케빈도 할 말은 없었다. 아버지와 어머니도 그렇게 이혼을 해 버렸기 때문이다.

"사실…… 우리 엄마는 아빠를 사람 취급도 하지 않아. 재능을 믿고 노력하지 않은 사람이래. 그러다 보니 오로지 병원을 얼마나 크게 확장하느냐, 돈을 어떻게 하면 많이 벌어서 자신의 능력을 입증하느냐만 관심이 있을 뿐이야. 그래서 아빠가 그림 그리며 예술 활동하는 걸 우습게 생각해. 그런데 나는 우리 아빠가 좋거든?

엄마와는 달라. 내 이야기도 자상하게 들어주고, 저녁 노을이 질 때마다 '예인아, 예인아.' 하고 날 불러서 노을을 같이 구경하곤 해. 우리 집 아파트 창문으로 노을을 보면 정말 예뻐. 그걸 보면서 여러 가지 이야기를 하는 거지. 엄마도 같이 그럴 수 있으면 좋은데……."

그럴 수도 있겠다는 생각이 케빈은 들었다. 예인이가 한숨을 쉬며 말했다.

"우리 아빠 엄마는 부부이지만, 부부가 아니야."

케빈도 이혼한 엄마 생각이 났다. 그림을 잘 팔게 되면 엄마를 만나 돈도 좀 나눠주고 싶었다. 어디에 있는지 알 수는 없지만 분명히 연락할 실마리를 아빠는 알고 있을 거였다. 문득 아까 본 아빠의 낡은 수첩이 떠올랐다. 아빠와 대학 동기였다는 엄마니까 아빠의 동창들에게 전화하면 분명 엄마의 연락처를 알 수 있을 거였다.

"왜 사람들은 서로 좋다고 결혼해서 자식들을 낳아 놓고 서로 또 미워하는 걸까?"

푸념처럼 케빈은 말했다.

"모르겠어. 그게 사람인가 봐. 그래서 나는 좋은 직장 얻거나 시집 잘 가려고 좋은 대학 가는 거 자체가 별 의미 없다고 생각해."

이런 깊이 있는 대화를 하면 할수록 케빈은 큰 위로를 받았다. 레슬리와 이야기를 나눌 때는 이런 깊이 있는 대화가 되지 않았다. 영어가 모국어가 아니기 때문이기도 했지만, 무엇보다 문화와 정서의 차이를 건너뛰기가 힘들었기 때문이었다. 물론 레슬리도 아버지와 어머니가 이혼해서 겪었던 어려움을 말하긴 했지만, 사실 정서적으로 느낀 것이지, 영어로 표현하는 아픔이 언어적으로는 잘 와 닿지 않았다.

촉촉해진 예인의 눈가에서 눈물이 흐르는 것을 케빈은 보았다. 그것은 건조하고 행복하지 않은 가정사에 지친 이의 우울함일 수도 있었지만, 이제 한창 대학 입시를 치르는 이 땅의 대다수 청소년들이 겪는 고통의 증거물이기도 했다.

"울지 마, 예인아. 내가 미국 가서 공부하면서 느낀 건데, 사람은 누구나 다 자기가 뜻하는 것을 이루지 못하기 때문에 불행해지는 거야. 그러니까 내 생각에 행복은 기준을 어디에 두느냐에 달린 것 같아."

"그, 그게 무슨 말이야?"

"내가 미국에서 오래 살진 않았지만, 미국의 좋은 점은 다양성인 것 같아. 아주 부자부터 아주 가난한 사람들이 섞여 살고 있고, 아주 비싼 물건부터 아주 싼 물건까지 함께 있거든. 세계에서 제일 비싸고 고급스러운 물건은 다 미국에 있다고 할 수도 있지만, 반대로 캘리포니아 같은 곳에 가 보면 99센트 샵이라는 곳도 있어."

"그게 뭔데?"

"모든 물건이 99센트야. 음식부터 시작해서, 장난감, 학용품, 심지어는 각종 도구, 통조림들도 전부 다."

"우리나라에도 그런 가게 있어. 천원샵이라고. 먹을 건 별로 없지만 대부분 메이드 인 차이나 아냐?"

"응, 맞아. 그렇게 싼 음식만 먹으면서 살 수도 있고, 비싼 레스토랑에 가면 몇 백 달러, 몇 천 달러짜리 음식도 있어. 그게 미국이라는 사회가 갖는 다양성이야. 꼭 모든 사람을 한 줄로 세우는 게 아니지. 그래서 미국에서 내가 아는 애들 중에는 고등학교만 졸업하면 결혼해서 애 낳고 살겠다는 아이도 있고, 대학에 가서 출세하겠다는 아이도 있어. 되게 다양해. 차라리 그게 좋은 것 같아."

"맞아. 한국은 모든 아이들을 줄 세워서 앞줄에 있는 아이들만 잘라내는 구조잖아. 그게 난 너무 싫어."

"넌 그래도 공부 잘 하잖아."

"공부 잘 하면 뭐해. 대학 가면 또다시 줄 세울 거고, 사회 나가서도 줄 세울 텐데. 줄은 끝없이 이어질 거야."

"그렇지만…… 줄 세우는 건 어차피 인간 사회의 한 속성인 것 같아. 미국도 줄은 잘 세워. 물론 우리나라와 좀 다른 개념이긴 해. 내가 한때 다녔던 병원이 있는데, 그 병원은 애리조나주에서 자기 병원이 몇 번째라고 광고하고 있더라고. 몇 번째이기 때문에 싫다가 아니라, 몇 번째이기에 더 노력해서 등수를 올리겠단 식이야. 줄 세우는 건 어떻게 해석하느냐에 따라 다르긴 한데, 자기 자신의 정확한 위치를 알고 더 노력할 수 있게 한다는 점에선 좋은 것 같아."

"그래서 시험등수를 발표했을 때 더 자극을 받긴 하지. 하지만 노력해도 안 되는 아이들에게는 그런 등수 발표가 아무 의미 없는 게 아닌가 싶기도 해."

"그럴 수도…… 있겠지."

"아무튼 범준이 너도 미국에서 공부하는 거 힘들었을 거야. 영어로 공부하려니 얼마나 힘들어."

"그렇긴 한데, 수학 같은 건 쉬워."

"푸후훗…… 정말? 얼마나 쉽길래?"

"예인이 너 정도면 아마 천재 소리 들을걸."

그렇게 예인과 이야기를 나누고 마음속의 시름을 털어내고 나자 조금은 기분이 좋아졌다.

"예인아, 고마워."

"뭐가?"

"오늘 나, 사실 죽고 싶었거든. 그림에 모든 희망을 걸고 있었는데 잃어버려서. 너랑 만나서 이야기하니까 용기가 나는 게 느껴져. 이제 그림을 내 힘으로 한 번 찾아볼 생각이야."

"정말이야?"

"응, 짚이는 데가 있어. 내 그림을 갖고 있다는 거, 생각해 보니 이미 여러 사람이 알고 있더라고. 인사동에 들고 다니기도 했고, 화랑에도 물어봤잖아. 그러니 사람들 눈에 띄었겠지. 그쪽을 다시 한 번 훑어볼 생각이야."

"너 마치 탐정 같아, 후훗."

"탐정은 아니지만, 이대로 그림을 잃어버릴 순 없잖아. 경찰에 신고하는 건 신고하는 거고, 내 스스로 찾는 건 또 다른 문제니까. 하는 데까지 해 봐야지."

두 아이는 커피숍에서 나왔다. 예인이의 집까지 함께 가면서 둘은 이것저것 시시콜콜한 이야기를 나누었다. 호젓한 초여름 밤에 여유를 내서 밤길을 걸어가는 기분은 나쁘지 않았다. 단순히 초등학교 때 친구였던 예인이가 새롭게 묘한 감정으로 다가오는 케빈이었다. 문화와 정서가 통하기 때문이 아닌가 싶었다. 자신도 모르게 케빈은 예인이가 친근해지고 있었다.

예인이를 집에 데려다 주고 돌아서면서, 문득 케빈은 죄책감이 들었다. 미국에서 자신의 소식을 기다리고 있을 레슬리에게 요즘 소홀했다는 생각이 들었다. 아무리 아빠에게 가 있다지만 레슬리를 놔두고 예인이에게 빠져 있던 자신을 책망하며, 케빈은 가까운 PC방으로 갔다. 레슬리와 메신저를 하기 위해서였지만 미국은 그때 새벽 시간이었다.

*레슬리에게.*

*잘 있었어?*

*아빠와 재미있게 지내느라 내 생각은 안 하는 거야?*

*여기 한국은 지금 제법 더워지기 시작했어. 비도 자주 오고. 물론 애리조나와는 비교도 안 되지.*

*한국 음식만 먹으니까 갑자기 프레스캇에서 먹던 인앤아웃 햄버거가 생각나. 양파 많이 넣어서 상큼하게 먹던 거 말야.*

*이사 갈 준비는 할머니가 잘 하고 있어? 만일 너희 집 이사 간다면 정말 많은 걸 버려야 할 거야. 오래된 골동품들 다 야드세일로 팔면 사람들 많이 사 갈 거야. ^^*

*나는 여기서 친구들도 좀 만나고, 돌아다니면서 세상 경험 쌓고 있어. 생각보다 현실은 어렵고 힘들어. 내가 원하는 걸 아무도 허락하지 않는 것 같아. 이런 것이 세상이라면 정말 이 세상 사람들은 대단한 사기꾼이거나 당해도 당한 줄 모르는 바보들인 것 같아. 어른이 되기 두려울 정도야.*

*그렇지만 잘 지내려고 애쓰고 있어. 조만간 좋은 소식 보낼게.*

*—사랑하는 케빈이.*

차마 그림을 팔아서 돈을 벌려고 했는데 잃어버렸다는 말은 하지 못했다.

집에 돌아와 케빈은 아빠의 수첩에서 이영미라는 이름을 찾아냈다. 엄마와 둘도 없는 단짝이었다는 학과 동기였다. 핸드폰에 번호를 입력해 놓았다. 그림을 찾고 나면 언제고 꼭 연락해 엄마 소식을 물어볼 생각이었다. 그후로도 계속 잠이 오지 않아 누워 뒤척이고 있을 때, 문 열리는 소리가 났다.

"어?"

케빈은 이불을 박차고 뛰쳐나갔다. 아버지였다.

"아버지, 혹시 그림 못 보셨어요?"

"그, 그림?"

술에 취해 얼굴이 불그레해진 아버지는 몸도 제대로 못 가누고 있었다. 술 냄새가 훅 하고 풍겨왔다.

"아빠, 그림이 없어졌다니까요? 그래서 내가 지구대에 신고했어요. 경찰이 와서 조사하고 갔어요."

경찰이라는 말을 들은 아버지는 약간 긴장했다. 사업이 실패하면서 경찰서에 몇 번 불려간 안 좋은 기억이 있었기 때문이다.

"그림…… 나는 모르겠다……."

"도둑이 들었다니까요."

"우리 집에 훔쳐 갈 게 뭐 있다고."

아버지는 속상한 일이 있어서 술을 마시고 들어온 듯했다. 안방에 되는 대로 널브러져 죽은 듯 자는 아버지를 보며 케빈은 가슴이 미어지는 것을 느꼈다. 뭔가 밖에서 안 좋은 일이 있었던 게 분명했다. 하지만 지금은 아버지의 그런 애환을 생각할 여유가 없었다. 계속해서 잃어버린 그림 생각이 케빈의 머릿속을 짓눌렀다. 도대체 누가 이 물건을 훔쳐갔단 말인가. 두뇌가 마치 과부하가 걸린 기계처럼 빠르게 돌아갔다.

다음날, 케빈은 명예당으로 갔다.

"계세요?"

명예당의 주인 김문성은 누군가와 대화를 나누고 있다가 깜짝 놀라며 케빈을 바라보았다.

"어, 자네. 잠깐만 기다려."

서둘러 이야기를 마친 뒤, 손님이 가고 나자 케빈은 찻잔에 차를 한잔 따라 마시는 김문성을 대면할 수 있었다.

"무슨 일인가? 그림을 내놓기로 했나?"

"저기, 그게 아니라…… 그림을…… 도난당했어요."

"뭐, 뭐? 그게 정말이야? 어떻게 된 일이야?"

김문성은 마시던 찻잔을 떨어뜨릴 뻔했다. 그렇게 봐서인지 그 동작은 케빈에게 헐리우드 액션으로 보였다.

"집에 들어가 봤더니 그림이 없어졌더라고요."

김문성의 얼굴을 유심히 살피며 말했다.

"저런, 안 그래도 주의를 줄까 했는데. 그런 그림이 돌면 소문이 자칫 잘못 나서 손타는 경우가 있거든. 이중섭의 〈황소〉를 가지고 있던 경진그룹 회장도 여기저기 자랑했다가 문화재 털이범에게 도난당한 뒤 아직도 못 찾고 있어."

"진작 말씀해 주시지 그러셨어요. 사진을 찍어놓은 카메라랑 감정서까지 없어졌더라고요."

"우리 감정서까지? 누군지 그거, 작정하고 저질렀

군."

"경찰서에서 혹시 조사 나오면 잘 좀 말씀 드려 주세요. 꼭 찾아야 해요."

"그래. 뭐 도난 신고해 봐야 경찰이 직접 나서지는 않고 사건처리만 해 놓을 테지만 내가 뭘 도와줘야 하지?"

"그때 찍으신 제 그림 사진 있으시죠?"

"그래, 사진은 빼놓지 않고 꼭 찍어놓으니까."

"그 사진 좀 제게 이메일로 보내주세요. 증거로 제출하게요."

DSLR카메라를 가져온 김문성은 컴퓨터에 메모리 스틱을 연결해 케빈의 이메일로 파일을 보내주었다. 화면에 나오는 낯익은 그림을 보자 갑자기 케빈의 눈에서 눈물이 주르륵 흘렀다.

"요 녀석, 그림 하나 잃어버렸다고 울어? 사내 자식이 소심하게……."

"너무 속상해서 그래요. 제가 멍청하단 생각도 들고."

"이봐, 학생. 세상 일이 그렇게 호락호락한 줄 알아? 자네 뜻대로 모든 게 되면 이 세상에 어려울 게 뭐가 있겠어? 세상은 결코 정직하거나 만만치 않아. 자네 저번에 보관증 써주겠다고 맡겨놓으라고 했더니 나를 의심했었지?"

"……."

"근데 사실 그 의심이 맞는 거야. 모든 사람들이 믿고 서로 거래할 수 있으면 얼마나 좋겠어. 하지만 믿고 거래하지 못하고 의심을 하기 때문에 그런 안전장치들이 생기는 거지. 우리도 그런 안전장치들이 여럿 있어. 보험을 들기도 하고, 감시카메라 같은 걸 설치하기도 하고. 감정하라고 맡아놓았다가 그림을 잃어버리기라도 해 봐. 큰일이지. 그래서 항상 보안을 철저히 하지."

"그렇군요……."

"그나저나 자네가 그 그림을 잃어버렸다니 안타깝군. 좋은 그림이었는데…… 시중에 나왔더라면 최소한 몇 억은 나갈 그림이었어."

"며, 몇 억이요?"

"그래, 참 아깝군."

인사동까지 와서 나온 소득이라곤 그림을 찍은 사진을 얻은 것뿐이었다.

집에 돌아왔을 때 아버지는 또 나가고 없었다.

# 그림을 훔쳐간 범인

장맛비가 내리는 인사동은 우산 쓴 사람들로 가득했다. 비가 내리는데도 관광을 온 외국인들은 희희낙락하며 가게들을 들여다보거나 물건들을 만지작거렸다. 여민락이 훤히 보이는 골목 어귀에서 케빈은 우산을 쓴 채 두 시간째 서 있었다. 불이 켜져 환했지만, 여민락에는 아무도 드나드는 사람이 없었다. 그림을 감정하거나 소개하는 일은 하루종일 공칠 때가 많았다. 그것은 케빈이 며칠째 여민락과 명예당을 드나드는 사람들을 관찰하며 알게 된 사실이었다. 무작정 경찰의 수사 결과만 기다리느니, 의심이 가는 여민락과 명예당을 자신이 직접 감시하기로 한 것이다. 물론 가능성은 제로에 가깝지만 멍하니 넋 놓고 있는 것보다는 나았다.

매일 인사동으로 출근하다시피 나가는 케빈을 보고, 아버지는 조심스럽게 물었다.

"매일 어딜 나가니?"

"그림 찾으러요. 인사동 가면 혹시 찾을 수 있을지도 몰라요. 아무래도 그림 감정한 놈들이 의심스러워요."

어른들을 놈들이라고 해도 아버지는 말이 없었다. 요즘 들어 아버지는 무슨 일이 있는 건지 오후에 집에서 나가 새벽에 들어오곤 했다. 얼굴 마주 보기가 쉽지 않았다.

"아빠가 미안하다. 조금만 기다려라. 아빠가 좋은 기회를 곧 잡을 거야. 친구랑 사업을 하기로 했거든."

사기를 몇 번이나 당했음에도 아버지는 여전히 사업을 한다고 했다. 아버지의 집념 아닌 집념에 지쳐버린 케빈은 더 이상 그런 말에 신경 쓰지 않기로 했다.

오전에 나와 비를 맞으며 점심시간이 다 되도록 서 있는데 여자 하나가 승용차에서 내려 그림을 들고 여민락으로 들어가는 게 보였다. 혹시나 싶어 살펴봤지만 그 여자가 들고 있는 그림은 잃어버린 그림과는 사이즈가 달랐다.

"아니구나."

갑자기 명예당은 이 시간 어떨지 궁금해졌다. 명예당과 여민락의 거리는 직선거리로 백여 미터 정도였다. 여자가 들어가 있는 동안에 명예당을 살펴봐야겠다는 생각이 들었다. 이미 입고 있는 청바지는 오래도록 비를 맞아 무릎까지 젖은 채 판자처럼 뻣뻣했다. 물 고인 곳을 피해 걸으며 케빈은 명예당 입구를 슬쩍 지나치는 척 안을 들여다보았다. 김문성이 책을 읽고 있는 것이 유리창 너머로 보였다. 너무나 평화롭고 조용했다. 마치 그곳은 속세를 벗어난, 차원이 다른 그 어떤 곳 같았다.

명예당이 빤히 보이는 스낵바에서 햄앤치즈 샌드위치를 하나 사서 베어 물며 케빈은 이를 갈았다. 구체적 방도도 없이 어떻게 해서든 그림을 찾고야 말겠다는 각오만 마치 오래된 습관처럼 뇌리를 휘저었다. 장마철답지 않게 바람이 세게 불었다. 움직이지 않고 한 군데에 오래 서 있어서인지 오싹 한기가 들었다. 오랜만에 와 본 한국의 장마철 기후에 케빈은 익숙해지지 못했다.

애리조나주의 날씨는 건조하고 따뜻했다. 그래서 은퇴한 노인들이 많이 몰려오곤 했다. 노인들은 하루 세 끼를 집에서 해결하기 힘들기 때문에 주로 사서 먹었다. 식당 중에는 노인을 웨이터로 쓰는 곳도 많았다. 한

마디로 손님도, 직원도 다 노인인 거였다. 젊어서 어떻게 살았는지 모르지만 늙어서까지 편안하게 쉬지 못하고 같은 또래 노인의 주문을 받아야 하는 신세를 보며, 케빈은 묘한 느낌이 들었다. 그걸 두고 레슬리의 할머니는 말했다.

'오더 오아 오더드. 댓츠 더 퀘스천(Order or ordered. that's the question: 주문하느냐 주문받느냐 그것이 문제로다)'

사느냐 죽느냐 그것이 문제라는 햄릿의 대사를 패러디한 것이지만 주문을 할 것인지 주문을 받을 것인지는 젊은 날에 어떻게 살았느냐로 결정된다는 의미심장한 말이었다.

처음에 그 뜻이 모호하게 받아들여지던 케빈이지만 한국에 돌아와 아버지의 행태를 보고 알게 되었다. 아버지는 분명히 주문을 받을 사람이라는 생각이 들었던 것이다. 한 번의 사업 실패로 돌이킬 수 없는 구렁텅이로 빠지는 것이 한국의 사회구조였기 때문이다. 그런 아버지의 밑에 있는 자신 역시도 그곳에서 빠져나오기 힘들다는 것을 어렴풋이 알 수 있었다. 기회의 땅이라는 미국도 그건 마찬가지였다. 부잣집 아들은 엘리트 교육을 받고 돈을 들여 여러 가지 경험을 쌓으면서 자신의 역량을 키워 나감으로써 부자라는 기득권을 유지하지만, 가난한 집 아들은 제대로 된 교육을 받지 못하고 다양한 경험을 쌓지 못해 결국은 대를 이어 가난하게 살 수밖에 없었다. 그러한 고리를 깰 수 있는 것이 케빈에게는 바로 박수창의 그림이었다. 오더를 받느냐, 오더를 하느냐의 갈림길이 그 그림일지도 모르는데 이렇게 어이없게 잃어버리고 말았다. 케빈은 손 안의 샌드위치 쌌던 종이를 있는 힘껏 구겼다.

명예당과 여민락은 오후 네 시가 되면 문을 닫았다. 그들은 아무 일 없다는 듯 업무가 끝나면 각자 갈 길을 갔다. 케빈은 숨어서 그 모습을 확인한 뒤 집으로 가는 버스를 탔다. 버스에 올라 갑자기 냉방 공기를 쐬자 온몸에 오한이 들며 추위가 몰려왔다. 아무래도 몸살이 난 모양이었다. 집에 돌아와 뜨거운 물로 샤워를 하고 간단하게 저녁을 먹으려는데, 갑자기 속에서 욕지기가 밀려왔다.

"우웨엑!"

케빈은 황급히 화장실로 달려가 구토를 했다. 아까 먹었던 샌드위치가 소화되지 않은 채 쏟아져 나왔다. 몇 번의 토악질로 뱃속은 깨끗이 비워지고 말았다. 온몸이 덜덜 떨리며 탈수 증세로 힘이 하나도 없었다. 이

불을 뒤집어쓰고 누워야만 했다. 장마철에 두꺼운 요를 꺼내 눅눅한 방바닥에 깔고 솜이불을 덮은 뒤, 케빈은 사시나무 떨듯 떨며 깊은 잠에 빠져들었다.

박수창의 페이퍼 하우스가 허공에 걸려 있었다. 담백한 무채색에 가깝던 그림에 화려한 색채가 입혀져 있었다. 주위를 둘러보니 예인의 집이었다.

"아니 내 그림……."

반가운 마음에 다가가 그림을 떼려고 하자, 예인의 아버지가 골프채를 손에 움켜쥐고 옆에 서 있었다.

"너 이 녀석, 이 그림 내 건데!"

"아저씨, 이건 제 그림이잖아요! 아저씨도 잘 아시잖아요!"

옆에 있던 예인이가 싸늘한 표정으로 나섰다.

"범준아, 이거 우리 거야! 너 왜 그래!"

"예인아, 너까지 왜 그러는 거야!"

"그림에 손대지 마!"

골프채를 마구 휘두르며 예인이 아버지가 위협했다.

"아, 안 돼요!"

뒷걸음질치던 케빈은 별안간 낭떠러지 아래로 떨어졌다.

"으아악!"

얼마나 떨어졌을까, 어딘가에 옷이 덜컥 걸리는 것이 느껴졌다. 이때다 싶어 안간힘을 쓰며 그곳에 매달리려 했지만, 두 손으로 움켜쥔 낭떠러지의 흙이 진흙처럼 흐물거리더니 또다시 추락했다.

"으아아아아아악!"

몇 번이나 낭떠러지에서 떨어지는지 알 수 없었다.

한참만에 눈을 떴다.

바깥에는 여전히 비가 내리고 있었다. 시계를 보니 자정이 넘었다. 뱃가죽이 등허리에 달라붙다시피 했다. 몸살이 심했다. 아니, 어쩌면 몸살이 아니라 정신적인 긴장이 늦춰지면서 몸에서 스스로 제동을 건 것일 수도 있었다. 며칠 동안 제대로 끼니를 챙기지도 않고 그림을 찾겠다는 일념으로 인사동을 드나든 것이 병을 불렀다. 간신히 기운을 차려 부엌으로 기어가 물을 마셨다. 구토와 설사로 인해 탈수증이 와서 몸에 수분이 필요했다.

물을 마시고 으슬으슬 떨리는 몸으로 다시 이불 속으로 기어 들어갔을 때, 핸드폰이 지잉— 하고 울렸다.

—무슨 일? 왜 문자를 씹는 거임?

예인이었다. 학원에서 쉬는 시간마다 문자를 보냈다. 지금쯤이면 학원과 과외를 모두 끝냈을 시간이었다. 떨리는 손으로 핸드폰을 들고 예인에게 전화를 걸었다.

"예인이니"?

"목소리가 왜 그래?"

"체한 것 같아. 몸도 으슬으슬 춥고."

"으이그, 오늘 인사동에서 감시하느라 비 맞고 그래서 감기 걸렸구나. 그러게 조심 좀 하지."

예인도 케빈이 인사동에 매일 나간다는 사실을 알고 있었다. 그것 이외에는 달리 할 일이 없음을 알기에 말리지도 않았다.

"그런 것 같아. 그런데 무슨 일로 전화했어?"

"응, 우리 아빠가 그러셨어. 누군가가 좋은 그림을 입수하면 그곳 사람들 사이에서 입소문이 퍼진다고. 그래서 그림에 대한 소문이 나면 알려주시겠다고 하셨어."

그다지 중요한 소식은 아니었다.

"고, 고마워…… 이만 끊을게. 나 자야 돼."

"어떡하니. 돌봐줄 사람도 없고……."

"괘, 괜찮아……."

"그럼 푹 쉬고, 나중에 보자. 몸조리 잘해."

전화를 끊은 뒤 다시 케빈은 혼수상태로 빠져들었다.

얼마나 잠이 들었는지 알 수 없었다. 저 멀리서 어렴풋이 핸드폰이 울렸다. 눈을 떠보니 어느새 아침이 되어 있었다. 간신히 몸을 움직여 전화를 받았다. 다시 예인이었다.

"잠 잘 잤어?"

"몰라, 죽다 살아난 것 같은 기분이야."

"큰일이네. 여름 감기는 개도 안 걸린다는데. 어떡하면 좋아. 뭐라도 먹고 기운을 좀 내야지."

"라면이나 끓여서 먹으려고."

"야, 환자가 무슨 라면이야. 어쩜 좋지?"

예인은 케빈이 심하게 아픈데도 별다른 간호를 받지 못하고 있다는 게 속상했다. 방학을 해서 예인은 아침부터 학원을 다녔다.

전화를 끊고 나서 케빈은 몸을 일으키려 했다. 하지만 다리가 휘청거리는 게 힘이 하나도 들어가지 않았다. 하룻밤 사이에 폭삭 늙은 느낌이었다. 비틀거리는 몸을 추슬러 케빈은 싱크대로 갔다. 예인이 말마따나 죽이라도 끓여 먹어야겠다는 생각이었다. 하지만 쌀을 꺼내고 수돗물을 틀어 물을 받고 그 물에 쌀을 씻는 것 하나하나가 너무 힘들었다. 쌀을 불릴 무렵에는 완전히 녹초가 되어버렸다. 그때 다시 예인에게서 전화가 왔다.

"범준아, 나 지금 너희 동네에 있거든? 너네 집 어떻게 찾아가?"

"우, 우리 집?"

예인이가 직접 왔다는 사실에 케빈은 깜짝 놀랐다.

"주소 불러줘. 그럼 찾을 수 있어."

"어? 어떻게 찾아왔어? 내가 위치도 제대로 안 알려줬는데. 오지마!"

케빈은 어질러진 집안 꼴을 보여주기가 죽기보다 싫었다.

"아냐. 나 너희 동네 다 왔다니까. 빨리 알려줘."

"안 돼. 싫다고."

쥐구멍이라도 있으면 숨고 싶었다. 하지만 예인이는 집요했다.

"너 나 다시 안 볼거야? 그러면 안 갈 거고."

"그건 아니고, 정말 올 거야?"

"그래, 빨리 주소 불러."

케빈이 마지 못해 주소를 불러주자, 십여 분 뒤 예인이가 찾아왔다. 휘청거리는 몸으로 집안을 다 치우기도 전이었다.

"어떻게 이렇게 빨리 찾았어?"

"내 핸드폰이 스마트폰이잖아."

예인의 손에는 죽 전문점에서 사 온 죽이 들려 있었다.

"자, 이거 좀 먹어 봐. 어머! 얼굴 핼쑥해진 것 좀 봐. 반쪽이 되었네."

예인이가 부산하게 죽 뚜껑을 열고 숟가락으로 전복 죽을 떠서 케빈의 입에다 대주었다. 어제 점심 이후로 처음 몸에 들어가는 음식이었다. 덜덜 떨며 죽을 한 숟갈 받아먹자 속이 훈훈해지면서 온기가 온몸에 퍼져 편안한 기분이 들었다.

"학원은 어쩌고 왔어?"

"응, 괜찮아. 아침에 한두 시간은 빠져도 돼."

포만감이 느껴지자 케빈은 다시 졸음이 몰려왔다. 그렇지만 집안 여기저기를 살펴보는 예인을 보자 케빈은 얼굴이 붉어졌다. 엉망인 집안 꼴을 보이는 것이 괴로웠기 때문이다.

"지, 집이 좀 많이 어지럽지?"

"괜찮아. 집안일 돌볼 새가 어디 있겠어. 여기 죽 남은 거 냉장고에 넣어놓을게. 나중에 전자렌지에 데워 먹어. 빨리 낫고. 나 이따 열한 시에 학원 가야 하니까, 이만 갈게. 그리고 오후에 기운 차리면 병원 한번 가 봐. 오다 보니 요 아래 병원 있더라."

"알았어."

케빈은 누운 채로 예인이에게 고맙다고 손을 흔들었다. 예인이 다가와 그 손을 부드럽게 잡았다. 부드럽고 매끄러운 손이었다. 얼핏 본 예인이의 눈가가 촉촉하게 젖는 게 보였다. 일어나려던 예인은 잠시 망설이더니, 갑자기 고개를 숙여 케빈의 입에 입술을 댔다. 예상치 못한 예인의 입맞춤에 케빈은 깜짝 놀랐다.

"나, 이만 갈게."

얼굴이 홍당무가 된 예인은 벌떡 일어나 문을 닫고 뒤도 돌아보지 않고 갔다. 케빈 역시 어안이 벙벙했다. 예인이가 자신에게 입을 맞추다니. 무슨 의미인지 알 수 없었다. 혼란스러웠다. 몸을 뒤덮고 있던 노곤함이 사라지는 게 느껴졌다. 여자들은 남자가 약한 모습을 보일 때 모성애를 느낀다고 하던데, 그게 이런 식으로 나타난 것일까. 비록 한국에 돌아와 그림을 잃어버렸지만, 예인이와 이렇게 다시 친해지고 죽까지 사다주며 자신을 걱정해 준다는 생각을 하자 케빈의 상처 입은 마음에 조금은 위로가 되었다.

그 뒤로 케빈은 이틀을 더 앓았다. 그동안 아버지는 한 번도 집에 들어오지 않았다. 할 수 없이 기다시피 일어난 케빈은 약간 남은 비상금을 들고 동네 병원으로 갔다. 아파트 상가 3층에 있는 내과병원이었다. 키 작은 의사는 진찰하더니 말했다.

"이 친구, 덩치는 큰데 영양실조인 거 같아. 잘 못 먹어? 엄마가 밥 안 해 주나?"

"아, 아니요. 좀 무리를 했더니……."

"잘 먹고 마음의 안정을 취해야 해. 영양실조에, 스트레스 때문에 몸이 급속도로 쇠약해진 거야. 링거 한 병 맞고, 약 지어줄 테니까 약 먹어. 그리고 고기랑 우유 같은 단백질 음식을 많이 먹도록 해. 자네 지금 기력이 많이 쇠했어."

주사실에 누워 두 시간 가까이 링거를 맞고 일어난 케빈은 집으로 돌아왔다. 몸이 조금은 개운해졌다.

그러다 문득 생각했다. 몸이 아픈 이후 그림 생각을 한 번도 하지 않았다는 사실을.

"이대로 죽어버리면 정말 허무한 거로군. 어른들이 왜 건강이 최고라고 하는지 알겠어."

그림이고 돈이고 세상이고, 건강이 최고였다. 인간들에게 가장 중요한 것은 기본적으로 건강이었다. 그런데 그 기본을 무시하고 다른 것에 몰두하다 결국은 삶의 의미를 놓치는 것이 어리석은 인간들의 그저 그런 삶이라는 생각이 들었다.

집에 들어오자 청소를 하지 않아 엉망이 된 실내가 눈에 들어왔다. 며칠 전에 벗어 던졌던 옷도 그대로 나동그라져 있었다. 빨래할 옷가지들을 분류해 세탁기에 넣고 돌렸다. 모처럼 장마전선이 남쪽으로 내려가서 햇빛이 들어 빨래하기엔 좋은 날씨였다. 세탁기가 옷을 빠는 동안 밥솥을 열어 밥을 안친 뒤 냉장고 안에 있는 시든 야채들을 이것저것 긁어모아 국을 끓였다. 어떻게든 먹고 힘을 내야만 했다. 엉성하긴 했지만, 어쨌든 국에 밥을 한 그릇 말아 먹자 힘이 솟았다. 그동안 세탁기는 빨래를 다 마쳤다. 빨래를 널고 창문을 열어 환기를 하고 있을 때 핸드폰이 울렸다. 예인이었다.

"범준아, 나야."

"응, 예인아. 나 오늘 병원 다녀……."

"우리 아빠가 네 그림 누가 샀는지 알아냈어."

"뭐, 뭐라고?"

"지금 당장 명예당으로 가 봐. 아빠가 부탁했더니 정보를……."

설거지도 하지 않고 케빈은 되는 대로 옷을 걸쳤다. 문을 잠근 뒤 허둥지둥 언덕길을 내려갔다. 며칠 쉬는 동안 근육이 풀렸는지 다리가 휘청거렸지만, 그래도 몸이 회복 중이어서 저번보다는 괜찮았다. 지하철을 이용해 인사동 명예당에 도착하기까지 30여 분 정도 걸렸다.

"음, 자네 빨리 왔군."

미리 연락을 받았는지 김문성이 웃으며 말했다.

"어, 어떻게 된 거죠? 말씀해 주세요! 제 그림은?"

"진정하고, 앉아 봐."

김문성 씨가 케빈에게 자리를 권하며 말했다.

"자네 그림에 대해 문의가 왔어. 내가 쓴 감정서가 진짜 맞느냐고. 누가 자네 그림을 샀네."

"그, 그 사람이 누구죠?"

"벽진그룹 김상옥 회장."

"네? 벽진…… 뭐라고요?"

"벽진그룹 몰라? 우리나라 최고의 식품회사잖아. 그 회장님이 골동품과 미술품에 조예가 깊은 사람이거든. 진품이기만 하면 뭐든지 사고 보는 스타일이야. 그 사람이 최근에 페이퍼 하우스라는 박수창의 그림을 입수했다는 말을 들었어. 어쩌면 그게 자네 그림일지도 몰라."

"그, 그럼 어떻게 해야 하죠?"

"내가 그걸 어떻게 알아, 이 사람아. 자네가 알아서 해야지. 내가 할 수 있는 일은 없어. 자네를 생각해서 이렇게 정보를 줄 뿐이야."

"고, 고맙습니다."

지난 며칠 동안 그를 의심하고 감시한 것이 미안해지는 케빈이었다.

"그럼 어디로 가야 그 회장님을 만날 수 있죠?"

"나야 모르지. 자네가 알아서 찾아가 봐. 내가 말할 수 있는 건 그 사람이 벽진그룹 회장이라는 것 뿐이야."

"잘 알겠습니다, 그럼……."

바깥으로 나온 케빈은 머리가 어지러웠다. 경찰서를 찾아가야 하는지, 아니면 다짜고짜 회장한테 직접 가서 그림을 달라고 해야 하는지 알 수 없었다. 하지만 우선 벽진그룹이 어떤 그룹인지를 알아야 했다. PC방으로 들어간 케빈은 서둘러 검색을 해 보았다.

벽진그룹 회장 김상옥은 예전부터 우리 귀중한 문화재를 수집하는 것을 좋아했다. 가장 좋아하는 인물이 일제로부터 문화재를 사들여 지킨 간송 전형필이었다. 그래서 개인 미술관도 있었는데, 그곳의 전시품들 전부가 진품이라고 했다. 한마디로 문화재와 예술품 수집가인 셈이었다. 김상옥 회장이 박수창의 그림을 구했다면, 그것은 바로 케빈이 갖고 있었던 그 그림일 가능성이 높았다.

케빈은 성북경찰서로 찾아갔다. 담당 형사에게 이 사실을 말하기 위해서였다.

"아저씨, 그 그림을 갖고 있는 사람을 찾았어요."

자초지종을 들은 박 형사는 김상옥 회장의 집을 찾아가기로 했다.

"성북동이니까 여기서 별로 멀지 않다."

케빈을 승용차에 태우며 박 형사가 말했다. 그의 파트너인 오 형사도 함께 차에 올랐다. 십여 분 정도를 자동차로 달리자 엄청나게 큰 저택들이 모여 있는 성북동이 나타났다. 경찰관은 네비게이션이 가리키는 그중 한 집 앞에 서더니 케빈에게 말했다.

"너는 여기서 좀 기다려라. 우리가 먼저 들어갈 테니."

박 형사가 초인종을 누르자, 이윽고 안에서 목소리가 흘러 나왔다.

"누구세요?"

"경찰입니다. 수사의뢰가 들어와서요."

잠시 후 대문이 열렸다. 경찰차 안에서 기다리고 있던 케빈은 가슴이 두근거렸다.

"아, 제발 잘 되어야 할 텐데……."

그렇게 케빈은 떨리는 마음으로 형사들을 기다렸다. 십여 분 뒤, 박 형사와 오 형사가 밖으로 다시 나왔다. 회심의 미소를 지은 채.

"네가 말한 그 그림과 똑같은 그림이 있더라. 어서 들어와 봐."

저택 안으로 들어가자 공기부터 달랐다. 정원에는 척 봐도 고가일 것 같은 소나무와 향나무가 하늘을 찌르며 서 있었고, 그 밑은 작은 관목들이 납작돌 틈새에서 더하지도 덜하지 않게 자리를 잡아 싱그러운 자태를 뽐내고 있었다. 푸른 잔디 사이로 섬처럼 자리잡은 오석을 딛고 들어선 현관 안으로 으리으리한 거실이 눈에 들어왔다. 케빈은 이렇게 넓고 호화로운 거실은 난생 처음 보았다.

"자, 이 그림. 네 거 맞지?"

회장 집의 집사인 듯한 사람이 꺼내놓은 그림을 보여주었다. 틀림없는 케빈의 그림 페이퍼 하우스였다. 액자만 고급으로 바뀌어 있었다. 케빈은 반가운 마음에 눈물이 왈칵 솟구치려 했다.

"네, 제 거예요."

"그런데 이 그림을 회장님께서 정식으로 구매하셨단다."

"누, 누가 이 그림을 판 건가요?"

경찰관이 나섰다.

"직접 감정서까지 들고 와서 거래를 마쳤다고 한다. 어떤 중년의 남자가 와서 팔고 갔단다. 지금 CCTV 비디오를 보여주려고 준비하고 있어. 경비실에 가서 보면 된대. 그 그림은 장물로 신고하면 된다. 절차가 좀 복잡하긴 하지만…….”

집사는 난감한 표정을 지어 보이며 형사에게 말했다.

“그게 장물인 줄은 몰랐어요. 그 사람이 미국에 가서 구해 온 그림이라고 하던데, 감정서까지 있길래 사실인 줄로 알았죠. 회장님께서 아시면 골치 아픈데.”

“어, 얼마에 사셨는데요?”

“일억이면 판다고 그래서 회장님이 한푼도 깎지 않고 사셨어. 뭐 실제 가치는 일억이 안 될지도 모르지만, 멀리 내다보고 사신 거지.”

일억이라니. 케빈은 갑자기 어지럼증이 밀려왔다. 십만 달러 가까운 거액이었다. 막연하게 짐작만 하던 여기던 그림의 가치가 피부로 느껴졌다. 그때 인터폰이 울렸다. 집사가 받더니 고개를 끄덕였다.

“형사님, 경비실로 오시래요. 그 날짜 동영상을 찾았답니다.”

“네, 가 보죠.”

저택의 경비실은 지하에 있었다. 경비실로 내려가자 모니터가 몇 개 벽면에 걸려 있었다. 경비원은 1주일 전의 동영상을 찾아놓고 있었다.

"그나저나, 이 그림 우리가 샀다는 걸 어떻게 아셨습니까?"

집사가 궁금했는지 조심스럽게 물었다.

"소문이 다 돌고 있었습니다."

박 형사가 퉁명스럽게 대답했다.

"허 참, 소문 참 빨리 도네요. 감정서가 있길래 물어봤을 뿐인데…… 회장님께서 절대 남에게 알리지 말라고 하셨는데 큰일이네요. 하긴 그림 업계 쪽이 원래 소문이 빨라서 그림을 판 사람이 의도적으로 소문을 낼 수도 있고……."

이때, 경비원이 문제의 동영상을 찾았다. 순간 모두가 긴장했다.

"그 사람이 세 시경에 약속을 하고 우리 회장님 뵈러 왔었거든요. 자, 보시죠."

경비원의 조작에 따라 시간을 알리는 모니터의 숫자가 거꾸로 빠르게 돌아갔다. 이윽고 3시가 되자, 마당을 비추는 카메라가 찍은 대문을 열고 올라오는 중년의 사내의 모습이 보였다.

"비가 내리는 데다가 어두워서 잘 안 보이네요. 확대 좀 해 보시죠."

경비가 컴퓨터를 조작해 확대를 해서 보여주었다. 점

점 확대되면서 밝아지는 그 사진을 보는 순간, 케빈은 비명을 지르고 말았다.

"아, 아니 저 사람은……!"

"네가 아는 사람이니?"

박 형사가 다급하게 물었다.

"네. 우, 우리 아버지예요……."

그 순간 그곳에 있었던 두 형사와 집사, 그리고 경비원까지 모두 할 말을 잃었다.

# 제왕의 진리

폐인이다시피 한 아버지의 손에 그림값이 들어갔다. 그 결과가 어떨지 케빈은 본능적으로 알 수 있었다. 거의 한 푼도 손에 들어오지 않을 거였다. 분노가 치밀어 온몸에 열이 펄펄 났다. 비에 젖어 추웠지만, 케빈은 자신의 내부에서 생명력의 에너지가 과도하게 태워지면서 열이 끓어오르는 것을 느낄 수 있었다. 한참을 그러고 있던 케빈은 샤워실로 들어가 옷을 벗고 찬물을 끼얹었다.

정신이 번쩍 들었다. 샤워를 마치고 나온 케빈은 그 길로 다시 PC방으로 가서 레슬리에게 이메일을 보냈다. 오리건주에서 아빠와 지내기에 확인이 잘 될지는 알 수 없었다.

*사랑하는 레슬리에게.*

*모든 게 끝났어.*

*다 내 탓이야. 한국에서의 일은 정말 뜻대로 안 돼.*

*미안해. 너를 볼 면목이 없어.*

*나는 정말 나쁜 놈이야. 아무래도 너랑 다시는 못 만날 수도 있을 것 같아.*

*다시 한 번 미안하다.*

밑도 끝도 없는 이메일을 보냈지만 마음은 개운하지 않았다. 집으로 돌아와 저녁도 먹지 않고 어두운 방에 멍하니 앉아 있는데, 예인에게서 전화가 왔다.

"범준아, 괜찮아? 어디야?"

"집."

"별일 없어? 목소리에 힘이 하나도 없어."

케빈은 예인이에게라도 이 모든 걸 털어놓지 않고는 견딜 수가 없었다.

"예인아, 나 그림 찾았어."

"뭐? 정말이야? 어디서? 누가 가져간 건데? 언제?"

"찾긴 찾았는데 눈앞에서 그게 사라졌어. 흑흑흑……."

"그게 무슨 소리야? 왜 그래?"

케빈이 흐느끼는 소리를 듣자, 예인은 깜짝 놀랐다.

"범준아, 내가 지금 그리로 갈까? 학원 수업 빠지고 가면 되는데."

"으흐흐흐흐흐흑!"

참고 있던 설움이 본격적으로 쏟아졌다. 위로해 주는 이가 있으니 가슴속이 더 뜨거워지며 감정이 폭포처럼 북받쳤다. 뜨거운 눈물이 한없이 흘러내렸다.

"범준아, 괜찮은 거야? 내가 그쪽으로 갈게."

예인은 학원을 빠지고 케빈에게 오기로 했다. 케빈은 말없이 전화를 끊었다. 한 시간 여가 지나자, 예인이 케빈의 집 문을 열고 들어왔다.

"범준아, 어떻게 된 일이야? 무슨 일이기에 그래? 나한테 말해 봐."

"그림을 찾았는데…… 어떤 사람이 그림을 샀대. 그런데 그 그림을 판 사람이…… 우리 아빠였어."

그날 오후 박 형사가 정릉 입구에까지 태워다 줄 때부터 비가 내렸다. 케빈은 어떻게 집까지 걸어왔는지 기억이 나지 않았다. 그저 허공을 걷는 유령처럼 걸을 뿐이었다. 지나가는 사람들이 비에 흠뻑 젖은 케빈을 힐끔힐끔 바라보았다. 초등학생 몇 명은 머리 옆에 손가락으로 동그라미를 그렸다. 그러나 케빈에겐 그런 것들이 안중에도 없었다. 눈물만 연신 흘렀다. 얼굴은 온통 빗물과 눈물 범벅이 되어 있었다. 아버지가 그림을 훔쳐서 김상옥 회장에게 팔았을 줄은 꿈에도 상상하지 못했다. 배신감에 치가 떨렸다. 이 세상 그 무엇보다도 더 큰 충격이었다.

"이봐, 학생. 어떻게 할 거야?"

김상옥 회장의 집에서 나오며 박 형사가 물었다. 케빈은 멍하니 정신을 빼놓고 있었다. 김상옥 회장의 집사가 말했다.

"아버지가 판 거면 어쩔 수가 없네요. 장물이라고 할 수도 없고……."

득의만면한 얼굴로 그는 경찰관과 케빈을 배웅했다. 차에 올라타자 오 형사가 룸미러를 보며 말했다.

"학생, 이런 경우를 '친족상도래' 라고 해."

"그, 그게 뭔데요."

"형법에 친족상도래라는 게 있어. 328조와 344조인데 부모자식 간이나, 형제 간, 부부 간의 가족끼리는 살인,

폭행 등 중범죄를 제외한 행위는 처벌받지 않아. 골동품 같은 게 없어지거나 해서 신고를 했을 때, 나중에 알고 보니까 이번처럼 자네 아버지라든가 아들 혹은 아내가 물건을 훔쳐갔을 경우에 친족의 죄는 인정을 하지만 형을 줄 수가 없어. 그걸 친족상도례라고 하는 거야."

"그, 그래요?"

"자네, 그럼 그림 때문에 아버지를 고발해서 잡아 가둘 거야? 자넬 낳아준 사람인데. 그건 인륜에 크게 어긋나지."

케빈은 선불리 대답할 수가 없었다. 모든 희망이 다른 사람도 아닌 아버지에 의해 날아간 것이다. 이게 차라리 꿈이었으면 좋겠다는 생각마저 들었다.

"절도라든가 사기, 횡령, 그리고 금전 문제 중에 이런 경우가 많아. 내가 옛날에 맡았던 사건 중 하난데, 어떤 아들 녀석이 아버지가 아끼던 고려청자를 훔쳐 팔아 가지고, 화가 난 아버지가 아들을 때려죽이려다가 골프채가 머리 바로 앞에서 멈추는 것도 봤어. 부모자식 관계가 다 그런 거야. 자네 얘길 들어 보니까 아버지가 그 그림을 팔아서 뭔가 해 보시려고 했나 본데 그런 사건들은 처벌할 수 없어."

"……."

"사건은 내가 종결시킬 테니까, 마음이나 잘 다스려. 그나저나 그 그림이 비싸긴 비싼 그림이네. 내 태어나서 처음 봤다 일억이 넘는 그림은…… 그리고 아버지가 돈 받았다니까 됐잖아. 가지고 들어오실 거야."

형사는 화제를 엉뚱한 곳으로 돌리며 분위기를 바꾸려고 애썼다. 이윽고 정릉 입구에 도착하자 차에서 내리는 케빈에게 그가 물었다.

"비 오는데 괜찮겠어?"

"네, 비 그냥 맞고 싶어요."

형사는 더 이상 만류하지 않고 차를 몰아 경찰서로 돌아갔다.

케빈은 온몸이 빗물로 흠뻑 젖은 채 집으로 돌아왔다. 동굴처럼 어두운 집안을 보며 케빈은 절로 한숨이 나왔다. 다시 시작된 장맛비 때문에 실내는 습기가 눅눅하게 가득 차 있었다. 비에 젖은 몸을 방바닥에 벌러덩 눕히며 케빈은 절규했다.

"으아아아아아아!"

이 세상 모든 일에 저주를 퍼붓고만 싶었다. 그 누구도 아닌 아버지가 자신의 그림을 몰래 들고 나가다니. 머릿속에선 이런저런 생각들이 자꾸 떠올랐다. 그 돈으로 도박을 한 걸까, 아니면 누구에게 사기를 당했을까.

도대체 무슨 짓을 했기에 아버지가 지금까지 안 들어오는지 알 수가 없었다. 아버지가 들어오기만 하면 무슨 짓을 할지 케빈은 알 수 없었다.

케빈의 이야기를 들으면 들을수록 예인은 눈이 점점 동그래졌다. 모든 이야기를 다 하고 나자 케빈의 마음속이 조금은 뚫리는 듯했다. 누군가에게 이야기를 하고 마음속의 고통을 털어놓을 수 있다는 것이 얼마나 큰 기쁨인지 몰랐다.

"그럼 아빠가 그림을 내다 파신 거야?"

"응, CCTV를 확대해 봤더니 우리 아빠더라고. 도대체 왜 그랬는지 모르겠어. 지금도 아빠를 보면 나도 내가 어떻게 할지 몰라."

"그런 소리 하지 마."

"아들이 가져온 물건을 갖다 팔다니. 너무 창피해서 고개를 들 수가 없었어. 형사들도 혀를 차더라고."

"그렇구나. 가족 간에는 그런 물건을 훔쳐도 죄가 안 되는구나. 몰랐어."

예인은 부드러운 손으로 울고 있는 케빈의 머리를 쓰다듬어 주었다.

"잊어버려. 그래도 너희 아빠가 갖다 파신 거잖아. 진짜 도둑이 들었다면 어쩔 뻔했어? 아직 그 돈이 얼마라도 남아 있는지도 모르고…… ."

"나는 우리 아빠 안 믿어. 틀림없이 망한 사업 한 방에 만회한다고 또 엉뚱한 데 썼을 거야. 그 돈으로 미국에 있는 레슬리도 도와줬어야 하는데, 이게 뭐야…… 엄밀하게 따지면 내 그림도 아닌데."

레슬리 생각을 하자 다시 분노가 치밀었다. 레슬리에게 희망을 주고 싶었는데, 그 희망이 무참히 깨진 것도 괴로웠다.

"괜찮아, 괜찮아. 네 여친이 누군지 모르겠지만 이해할 거야. 걔도 네가 너희 아빠를 고발하는 것은 원하지 않을 거야."

그때였다. 딸깍거리며 현관문이 열렸다. 아버지였다. 비틀거리며 들어오는 아버지에게 술 냄새가 확 풍겼다. 순간 케빈은 온몸이 얼어붙었다. 등골에 식은땀이 흐르며 동공이 확대되고 온몸에 아드레날린이 폭포수처럼 분비되는 것 같았다. 부르르 떨리는 케빈의 몸을 예인이가 제지하며 다가갔다.

"어, 아저씨! 안녕하세요."

"너, 넌, 누구냐?"

게슴츠레하게 눈을 떠 예인을 보는 아버지의 모습은

엉망이었다. 얼굴은 불그레했고, 온몸이 비에 젖어 그야말로 물에 빠진 생쥐 꼴이었다. 게다가 어디서 넘어졌는지 바지 무릎 부분이 찢어져 있었다.

"저 기억 못하세요? 범준이 친구 예인이에요."

"그래? 예인이! 근데 네가 어, 어쩐 일이냐. 아이쿠!"

아버지는 그 자리에서 푹 쓰러졌다. 오다가 어디서 구토를 했는지 몸에서는 시큼한 토사물의 냄새가 났다. 그때였다. 참고 있던 케빈이 벌떡 일어나 독수리가 먹이를 낚아채듯 아버지의 어깨를 잡았다.

"왜 그랬어요! 왜? 그림 판 돈 어쨌어요?"

케빈은 아버지를 잡아죽일 듯이 흔들었다.

"으으, 너 왜, 왜 이래……."

아버지의 표정을 보니 이미 사단 났음을 케빈은 직감했다. 놀란 예인이가 온몸을 던져 케빈을 막았다.

"범준아, 이러지 마! 이러지 마, 범준아!"

"그림 판 돈 내놔요. 빨리요! 그게 어떤 돈인지나 아세요. 그게 어떤 돈인데……."

케빈은 마구 소리쳤다. 미칠 것만 같았다. 다른 사람 같았으면 벌써 케빈의 분노의 주먹 아래 어찌 되었을지 몰랐다. 그나마 아버지였기에 간신히 참아내고 있었다.

"범준아 이러지 마, 제발…… 이러면 안 돼……."

예인이가 눈물을 흘리며 고함을 지르는 케빈을 안간힘을 쓰며 막았다. 케빈의 고함 소리에 다세대 주택의 이웃 사람들이 웅성거리며 나와 열린 문틈으로 케빈의 집을 들여다보았다. 그걸 본 예인이 문을 잠가버렸다.

"미, 미안하다! 네가 알았구나."

"아저씨, 일단 샤워 좀 하세요."

예인이가 아버지에게 말했다.

"어, 그래그래."

목욕탕에 들어간 아버지는 문을 잠갔다. 10여 분 동안 참는 케빈은 그 시간이 10년은 되는 것 같았다.

"아저씨 나오실 수 있으세요? 이제 괜찮아졌어요. 나오셔도 돼요."

한참 뒤 예인이가 화장실 문을 두드리자 아버지는 고개를 내밀고 비틀거리며 나왔다. 그 사이 세수만 했는지 얼굴과 머리에 물기가 묻어 있었다.

"수건으로 얼굴 좀 닦으세요."

"그래, 고, 고맙다."

아버지가 머리를 수건으로 말리는 동안 케빈은 천장을 뚫어져라 바라보고 있었다. 다시 화가 치솟으면 아버지를 어떻게 할지 자신도 몰랐기 때문이다.

"아저씨, 오늘 범준이가 형사하고 같이 김상옥 회장

집에 갔었어요. 아저씨가 그림 파신 것 맞죠?"

아버지는 한숨을 쉬며 고개를 푹 숙였다.

"왜 그러셨어요. 무슨 급한 일 있으셨어요? 그 돈은 어쩌셨어요?"

"으으흐흐흐흐……."

갑자기 아버지가 울기 시작했다.

"미안하다, 미안해…… 나를 용서해 줘…… 으흐흐흐!"

아버지가 우는 모습을 보자 케빈은 더 견딜 수 없었다. 예감이 맞아떨어지는 순간이었다.

"그 돈이 어떤 돈인데…… 에잇!"

갑자기 이성을 잃은 케빈은 옆에 있는 시든 파키라 화분을 높이 쳐들었다. 화분은 허공에 뜬 채 흙가루를 뿌렸다. 오지 화분의 유약이 형광등 빛을 받아 반짝였다.

"야, 황범준! 안 돼! 이러면 안 된다고!"

예인이 손을 휘둘러 화분 든 팔을 쳤다. 그 서슬에 케빈이 들고 있던 화분은 바닥에 떨어져 퍽 소리와 함께 산산조각이 나고 말았다. 쓰러져 있는 아버지 주위로 파편들이 뿌려졌었다.

"으으으으으……."

그제야 아버지는 사태를 완전히 파악하고는 엉금엉

금 몸을 추슬러 한쪽 구석으로 옮겨 앉았다. 차라리 큰 소리를 치고 주먹을 휘두르면 더 나으련만. 어깨를 들썩이며 흐느끼는 아빠의 모습은 마치 밟아놓은 탕건 같았다.

예인은 온통 바닥에 흩어진 화분의 조각과 흙을 치우고는 여전히 분을 삭히지 못해 울부짖고 있는 케빈에게 물을 떠다주었다. 예인이가 건넨 물을 마시자 케빈은 흥분이 조금씩 가라앉았다. 하지만 여전히 격정의 떨림을 참을 수가 없었다. 숨을 거칠게 몰아쉬었다. 아무리 아버지라지만 지금은 아버지가 아니라 원수였다. 아버지와 자신은 이럴 수 없는 사이라는 생각이 떠오르자 문득 어린 시절의 추억 한 도막이 생각났다.

"아니, 이게 뭐야?"

어린 케빈을 포대기 해서 업어 재우던 아빠가 깜짝 놀랐다. 등에 업힌 케빈이 오줌을 쌌기 때문이었다. 참던 오줌이 배설되자 따뜻한 물이 사타구니와 종아리로 흘러내려 기분이 좋았다. 물론 아버지의 등은 온통 물바다였다.

"허허! 이 녀석 아빠를 화장실로 아나."

아버지는 싫은 내색 하나 없이 케빈의 옷을 갈아입혔

다. 가물가물한 기억 속에서도 새로 입은 뽀송뽀송한 옷의 감촉이 싫지 않았다.

케빈이 무슨 사고를 치고 다니건 개의치 않던 아버지였다. 사내 녀석은 다 그런 거라며 엄마가 야단치는 걸 제지하곤 했다.

그랬던 아버지가 이제 케빈은 죽이고 싶도록 미운 거다. 모든 걸 망쳐버렸다. 이제 돌이킬 수 없어진 것이다. 먼 훗날 지나간 무용담처럼 세상에 대고 떠들 수도 없게 되어버렸다. 수치와 분노가 뒤엉켜 케빈은 머리가 터지기 직전이었다. 그러면서도 마음 한구석에서는 애써 자위하는 실낱같은 가능성이 고개를 들었다. 그렇게 많이 돈을 까먹지는 않았을 거라는…….

"네가 그림의 감정서를 받아오는 걸 보고, 비싼 그림이란 생각에……."

흐느끼며 아버지는 자초지종을 얘기했다. 처음에 그 그림을 볼 땐 반신반의했다. 위작일 가능성이 높다고 본 거였다. 하지만 사업하면서 알게 된 친구가 그 그림을 보고 비싼 그림일 거라고 말해 주면서 상황은 급하게 변했다. 감정서와 디지털 카메라에 찍힌 사진을 본 아버지 친구는 이윽고 그걸 들고 다니며 그림을 살 만한 사람을 수소문하기 시작했고, 그때 김상옥 회장을 연결한 거였다.

“그럼 진작에 말을 하지 그랬어요! 아빠가 쉽게 팔 수 있다고.”

케빈이 격분해 소리를 질렀다.

“말하려고 했다, 말하려고 했어…… 그런데 네가 갑자기 경찰에 신고해 버리는 바람에…….”

“그 돈으로 뭐 했어요? 도박했어요? 누구 빌려줬어요? 어떻게 했냐고요?”

“치, 친구에게 소개비로 이천만 원 떼어주고, 팔천만 원 가지고…….”

“…….”

“부동산 하는 친구하고 같이 십억 짜리 땅을 하나 잡았어. 파주 쪽에 개발이 곧 된다고 그래서 내 돈으로 계약금을 질렀다.”

“그런데요.”

케빈은 불길한 예감이 등골을 타고 내려가는 걸 느꼈다.

“근데 오늘 알았어. 그 친구라는 놈이 날 등쳐먹은 거야. 사기꾼이 땅주인인 척하고 돈만 받고 튀었어. 정말 미안하다, 정말 미안해…….”

개발 예정 소문이 난 곳의 땅을 싸게 잡았다가 미등기

전매로 넘겨서 몇 억을 손에 쥐자는 감언이설에 아버지는 감쪽같이 속았던 거였다. 사업을 여러 차례 실패한 사람들은 대개 그런 조급한 마음을 갖기 때문에 속기가 더 쉬웠다. 그나마 있는 재산까지 완전히 탕진하는 게 그런 심리 때문이었다.

"그, 그럼 하, 한 푼도 안 남았단 말이에요?"

케빈이 믿을 수 없다는 듯 물었다. 머리에 벼락이 내리치는 기분이었다.

"미안하다, 미안해…… 으흐흐흐흐……."

"에이, 씨발!"

화가 난 케빈이 벌떡 일어났다. 뭘 어쩌려는지 자신도 몰랐다. 깜짝 놀란 예인이 다시 케빈을 막았다.

"범준아, 이러지 마! 아빠잖아! 너희 아빠도 지금 잘해 보려고 그러신 거잖아!"

"잘해 본다고? 망할…… 만날 저 모양이야! 아빠라고 부르지도 마!"

케빈은 절규하며 집을 뛰쳐나갔다. 예인도 케빈을 따라 나왔다.

부는 서풍에 구름이 무섭게 흘러가는 것이 보였다. 정신없이 어딘가로 달려가는 케빈의 뒤를 예인이가 따라왔다.

"범준아! 같이 가! 잠깐 기다려!"

산 언덕배기에 있는 작은 공원에 다다른 뒤에야 케빈은 숨을 헐떡이며 벤치에 몸을 부서져라 던졌다.

"젠장, 그럼 그렇지. 나 같은 놈이 무슨 횡재야."

머리를 쥐어뜯을 때 예인이 공원에 도착했다. 헉헉 숨을 내쉬며 예인은 말했다.

"버, 범준아 잘했어. 아빠한테 손대지 않은 거, 정말 잘한 거야."

예인이가 케빈의 어깨를 다독이며 말했다. 하지만 예인의 어떠한 위로도 케빈은 귀에 들어오지 않았다. 잠시 어색한 정적이 흘렀다. 조금 후, 케빈의 마음이 조금은 가라앉았을 거라는 생각을 한 예인이 입을 열었다.

"범준아, 내가 어렸을 때 읽은 이야기 하나 들려줄게."

"……."

"옛날에 알렉산더 대왕인지 진시황인지 나폴레옹인지 분명하지는 않은데, 대제국을 건설한 뒤에 대왕이 이 세상의 모든 지식을 전부 가지고 싶어 도서관을 짓도록 했대."

"……."

대왕은 신하들에게 명령을 내렸다. 동서양에 있는 모든 책들을 다 도서관에 모아놓도록 하라고. 충실한 신하들은 아시아와 유럽 등지의 세상 모든 책과 문서들을 모아 커다란 도서관을 지었다. 그 결과 수백만 권의 엄청난 장서들이 쌓였다. 대왕은 이 많은 책을 다 읽어서 모든 지식을 자기 것으로 만들고 싶었다. 영토 야욕뿐만 아니라 지식의 야욕까지 가진 거였다.

하지만 사실 대왕에게는 그 책을 읽을 시간이 없었다. 대제국을 통치하는 일은 눈코 뜰 새 없이 바빴던 때문이다. 그래서 대왕은 학자들을 다시 불러모아 말했다.

"그대들이 저 책들을 모두 읽고 요약을 해서 나에게 보고하라."

몇 년의 세월에 걸쳐 수천 명의 학자들은 수백만 권의 책을 읽고 분야별로 지식들을 총정리해서 열 권의 책으로 압축했다. 하지만 대왕은 그 무렵 또 다른 원정을 가야 했기에 열 권의 책을 읽기에도 시간이 모자랐다.

"그 책들을 모두 읽고 한 권으로 요약해라."

몇 년의 세월에 걸쳐 학자들은 열 권의 책을 읽고 분야별로 지식들을 압축해 마침내 한 권의 책으로 만들었다. 하지만 대왕은 그 무렵 넓디넓은 대제국의 지방순시를 가야 했기에 한 권의 책을 읽기에도 시간이 모자랐다.

"그 책을 한 장으로 줄여오라!"

몇 년의 세월에 걸쳐 학자들은 한 권의 책을 압축하고 또 압축해 드디어 한 장의 문서로 만들었다. 하지만 대왕은 그 무렵 늙어서 눈이 잘 보이지 않았다.

"그 한 장을 한 문장으로 줄여와라!"

다시 몇 년의 세월에 걸쳐 학자들은 한 장의 문서를 한 줄의 진리로 줄이기 위해 노력했다. 줄이고 줄인 끝에 마침내 학자들은 한 문장으로 줄이는데 성공했다. 하지만 대왕은 그 무렵 노쇠해 죽기 직전이 되었다.

"그래 그 한 문장이 무엇이냐?"

자리에 누운 대왕의 물음에 역시 노쇠해진 학자들이 대답했다.

"폐하, 이 지식만 터득하면 삶의 진리를 깨닫고 실수를 하지 않을 겁니다."

"그러니까 그게 무엇이냐?"

"그게 뭔데?"

이야기에 빠져든 케빈이 물었다. 천일야화의 세라자데 같이 조리 있게 말 잘하는 예인의 이야기를 듣다 보니 어느새 결말이 궁금해진 것이다.

"그게 뭔지 궁금해?"

"응."

짐짓 목소리를 학자처럼 늙수그레하게 만든 예인이 말했다.

"대왕이시여, 이 세상에 공짜는 없습니다."

"그게 무슨 소리야?"

"그러니까, 이 세상의 모든 것은 대가를 지불해야 한다는 이야기야."

"에이, 그게 뭐야?"

"예를 들어, 내가 좋은 대학을 가고 싶으면 그걸 위해서 시간과 노력이라는 대가를 지불해야 해. 그런 거야. 무언가를 이루기 위해선 반드시 또 다른 무언가를 희생해야 하는……."

맞는 말이었다. 케빈은 고개를 끄덕였다. 그러고 보니 미국에도 그런 말이 있었던 게 생각났다.

"맞아 미국에서는 그걸 노페인 노게인(No Pain, no gain)이라고 해. 고통 없이는 얻는 게 없다는 거지."

하지만 예인이의 다음 말은 케빈의 정곡을 찌르는 것이었다.

"그런데 범준아, 미안하지만 넌 그게 아니야. 너는 그 페이퍼 하우스 그림으로 네 인생을 바꾸겠다고 그랬잖

아. 그런데 그 그림은 네가 정당한 대가를 지불한 게 아니잖아."

그건 그랬다. 그건 레슬리네 집에서 우연히 발견해 주워온 그림이었다.

"그리고 엄밀히 말하면, 그건 네 그림도 아니잖아. 그런데 너는 무슨 자격으로 그렇게 화를 내? 애초에 네 것도 아니었는데, 왜 너희 아빠를 죽일 것처럼 그래?"

"하, 하지만 내 의사도 묻지 않고 어떻게…… 그건 도둑질이지."

"그건 그래. 하지만 아버지가 도둑질을 왜 하게 됐어? 따지고 보면 네가 가져온 그림 때문이잖아."

케빈은 입을 다물어야 했다. 예인의 말은 맞는 것도 같고 틀린 것도 같았다.

"모든 원인은 네가 제공했어. 내가 만일 너희 아빠라도, 사업이 망하고 생활이 어려운데 아들이 마침 어디서 비싸 보이는 그림을 주워왔다 그러면 당장 가서 팔 거야. 물론 그러면 안 된다는 건 알겠지만 이미 니네 아빠는 이것저것 앞뒤 가릴 상황을 넘어선 거 같아. 사흘 굶어서 남의 집 담장 안 넘는 사람 없다잖아. 너는 가질 수 없는 걸 가지려고 한 거야. 대가도 지불하지 않고 손쉽게 그걸 팔아서 큰돈을 가지겠다고 한 것을 이 세상이 허락하지 않은 거지. 그리고 너는 그림을 보고 뭘 생각했는지 모르지만, 나는 그 그림을 보는 순간 저렇게 소박한 그림이 그렇게 비싸다는 게 이해가 되지 않았어. 박수창 화백은 내가 알기론 그림 한 점도 못 팔고 돌아가셨다고 들었어. 고생만 죽도록 하고 말이야. 하지만 그렇게 아름다운 그림을 그리기 위해서 평생을 바쳤어. 삶이라는 대가를 지불하신 거야. 그런데 그 피땀 흘려 그린 그림을, 너는 단지 팔아서 돈만 받으려고 한 거잖아."

그 순간 케빈은 깨달았다. 마음속에 있었던, 그동안 잘못 생각했던 게 뭔지 안 것이다.

"정말이야. 나 오늘 너한테 실망했어, 그런 그림을 팔아서 돈을 벌겠다는 생각은 너희 아빠가 일확천금을 노리는 거하고 뭐가 달라? 하나도 다르지 않아. 그런데 그 상황에서 아빠를 때리거나 더 큰 사고를 저질렀으면 어떻게 할 뻔했어. 대가도 지불하지 않은 허황된 걸 잡겠다고 돌이킬 수 없는 큰 실수를 저지를 뻔했잖아. 만일 그랬다면 너는 무슨 대가를 치렀어야 했는지 알아?"

"뭐, 뭐야?"

"네 인생을 망치는 대가를 치러야지."

예인이의 말을 들으면서 케빈은 마음속에 있던 응어

리가 녹는 것을 느꼈다. 케빈의 눈에서는 뜨거운 눈물이 흘렀다. 선하게 살아온 화가 박수창의 아름다운 그림을 자신은 돈벌이 수단으로만 생각했다. 뒤늦게 돌이켜 보면 그 얼마나 아름다운 그림이던가. 그 그림을 가져오는 동안 노심초사했던 일부터, 그림을 잃어버리고 비를 맞으며 여러 사람들을 의심했던 일, 그리고 아버지를 죽여버리고 싶다는 생각을 했던 일…… 이 모든 것들이 크나큰 부끄러움으로 다가왔다.

"하지만 어떻게 하라고! 나는 공부도 계속해야 하는데, 어쩌라고……."

"범준아, 공부를 꼭 돈으로 하는 건 아니잖아. 왜 꼭 돈이 있어야만 한다고 생각해? 스스로 뭔가 할 수 있다는 생각 안 해? 너한테 얘기는 안 했지만, 사실 우리 엄마는 나 낳고 어렸을 때 우리 아빠랑 이혼해서 떠났어. 지금 엄마는 새엄마야."

"저, 저, 정말이야?"

그건 또 처음 듣는 이야기였다.

"새엄마는 애를 낳을 수 없대. 그래서 내가 딸린 아빠를 선택한 거야. 내가 어린 시절만 해도 아빠는 천재적 재능이 엿보였대. 그래서 엄마는 아빠도 성공시키려고 했는데……."

"아빠가 그렇게 못 되신 거지?"

"응, 엄마랑 결혼해 생활이 편해지고 간절함이 없어지니까 재능이 사그라들었어. 한마디로 엄마가 판단 미스한 셈이지. 그나마 우리 엄마가 병원 일만 하고 나에게 병원을 물려주겠다고 하는 건 내가 공부를 잘하기 때문이야. 만일 내가 엉망이었으면 날 거들떠보지도 않았을 거야."

예인이가 발그레해진 얼굴로 쏟아 붓듯 말했다. 케빈은 깜짝 놀랐다. 예인이에게 그런 아픔이 있었다니.

"그래도 나는 내 인생이 중요하다고 생각하고 열심히 공부하고 있어. 하루빨리 독립해서 내 삶을 내가 꾸미는 게 나의 꿈이야. 아직 어리니까, 대학 졸업할 때까지는 신세를 져야겠지. 하지만 나는 지금까지 어려서부터 새엄마에게 받은 용돈 다 기록해 놨어. 언젠간 내가 벌어서 갚을 거니까. 난 남의 신세 지는 게 정말 싫어."

케빈은 얼빠진 표정으로 예인이를 바라보았다. 여리디 여린 예인의 어디에 그런 독기가 숨어 있나 싶었다.

"숨막힐 것 같은 내 삶이지만 아빠가 있어서 나는 숨을 쉴 수 있어. 아빠는 예술을 하면서 삶이 꼭 일대일로 대응하는 건 아니라는 걸 나에게 알려주신 분이야. 아빠의 그런 면이 나도 처음엔 싫었는데 이제는 정말 좋

아. 인간은 예술을 이해하는 유일한 동물이라고 하셨어. 그건 다시 말해서 돈이 안 되는 것에 대해서도 열정을 가질 수 있다는 거야. 그런데 너는 미국 가더니 너무……."

"……."

예인은 여기까지 얘기하더니 갑자기 감정이 격해졌는지 말을 멈췄다. 그리고 감정을 추스리려 애쓰다 갑자기 가방을 메고 황급히 산길을 내려가기 시작했다.

충격을 받은 케빈은 멍하니 넋을 놓고 있었다. 자신을 위해 내면에 꼭꼭 숨겼을 상처를 드러낸 예인이의 마음이 어떨지 생각하니 어떤 식으로든 사과해야 한다는 생각이 들었다. 예인이 말리지 않았으면 아마 자기는 지금쯤 화분으로 아버지를 치고 경찰서에 불려가 있을 것이 분명했다.

"예, 예인아! 예인아!"

뒤늦게 따라갔지만 마침 지나가던 택시를 잡아타고 예인은 떠나버렸다. 비 그친 밤하늘의 구름 사이로 별들이 반짝이는 게 보였다.

# 세계 최고의 대학

아버지는 며칠째 집에 들어오지 않고 있었다. 완전한 절망, 완전한 좌절이 어떤 것인지 요 며칠 케빈은 뼈저리게 느꼈다. 장마전선이 물러가고 무더위가 맹위를 떨칠 것이라는 뉴스가 켜놓은 TV에서 흘러나왔지만, 푹푹 찌는 반지하 방에서 케빈은 마치 폐인처럼 움직이지 않았다. 머리맡에는 먹다 버린 과자 부스러기와 라면 봉지 등이 널려 있었다. 이대로 며칠만 지나면 정말 완전히 폐가처럼 집이 변할 거였다.

미국에서 기름진 음식을 잘 먹었던 케빈의 거대한 몸도 어느새 몸무게가 5킬로그램 이상 빠지면서 많이 여위어 있었다. 먹지 않는 것도 한 요인이었지만, 무엇보다 정신적인 충격이 케빈을 쇠약하게 만들었다. 무기력증이라는 것이 바로 이런 거였다. 아무것도 하기 싫었다. 심지어는 먹는 것, 숨쉬는 것조차도 귀찮았다. 이 모든 것이 아무짝에도 쓸모없다는 생각이 들었다. 그러한 케빈을 조금이나마 흔드는 것은 예인에게서 오는 문자였다.

—아직도 집에만 있는 거야?

예인은 케빈의 마음을 다잡을 수 있는 사람이 자신뿐이라는 걸 알고 있었다. 그림 때문에 아버지를 어떻게 할 기세였던 케빈의 행동은 너무나 무서웠다. 어느 남자건 폭력성을 가지고 태어난다는 생각이 들었다. 하지만 여전히 상처 입은 짐승 같은 케빈이 안쓰러웠다. 그 때문에 케빈을 다시 만나긴 해야겠다는 생각이 들어 다시금 문자를 보내곤 했다. 그러나 방학특강이 시작되는 바람에, 올해 고3 수험생인 예인은 케빈을 만날 시간을 내지 못했다.

—저번보다 모의고사 성적 떨어졌다고 엄마가 걱정하셨어. 만나고 싶어도 만나기 힘드네.

이렇게 문자가 왔지만 케빈은 단지 심드렁한 느낌뿐이었다. 그동안 있었던 일들이 주마등처럼 머리를 스쳐 지나갔다. 그림을 구하고 감정을 받아 그것이 비싼 그림이란 걸 밝혀냈는데, 결국 아버지가 몰래 팔아 그 돈을 취했고, 그나마도 사기를 당해 전부 날렸다. 무슨 이런 말도 안 되는 일이 있나 싶었다.

배는 고팠지만 정신은 차츰 맑아지고 있었다. 케빈은 맑아진 정신으로 자신이 무엇을 잘못했나 생각해 보았다. 답은 바로 떠올랐다. 예인의 말처럼 남의 것을 쉽게 취하려 했던 것이 죄였다. 대가를 지불하지 않고 무언가를 얻으려 한 죄, 남을 의심한 죄, 아버지를 어찌하려 한 죄…… 갑자기 케빈은 두려워졌다. 오랜만에 다시 두 손을 맞잡고 기도를 하게 된 건 죄의식이 점점 커졌기 때문이었다.

"하느님, 사람을 의심했던 저를 용서해 주세요. 잘못했습니다……."

자신의 잘못을 회개하다 보니 갑자기 고해성사가 받고 싶어졌다. 하지만 고해성사를 받은 지 몇 년이 지났는지조차 알 수 없었다. 고해성사를 받아야 한다는 생각이 들자 몸 안 깊은 곳에서 서서히 힘이 솟았다. 고해성사를 하고 나면 뭔가 심기일전이 될 것만 같았다. 그건 지금 붙잡을 수 있는 유일한 희망의 끈이었다.

허둥지둥 일어나려는데 빙그르르 방이 도는 것 같은 느낌이 들었다. 샤워를 하고 거울을 보니 얼굴은 수염투성이에 머리는 온통 산발이었다. 비틀거리는 몸으로 일어나 냉장고를 열어 보았다. 예인이가 오래전에 놔두고 간 죽이 있었다. 냄새를 맡아 보니 상한 것 같진 않았다. 전자렌지에 돌려 허겁지겁 먹고 케빈은 언덕길을 내려갔다. 그리고 비탈에 세워져 있는 동네 성당으로 들어갔다.

평일 낮의 성당에는 아무도 없었다. 신부를 만나 고해를 하고 싶었는데, 뜻대로 되지 않았다. 성체조배를 하면서 묵상을 했다. 그러다 보니 자신이 무엇을 잘못했는지가 좀 더 선명하게 떠올랐다. 헛된 욕심만 가졌지 노력은 하지 않았던 것이다. 예인이가 해 주었던 지식을 다 갖고 싶었던 대왕의 이야기가 가슴을 때렸다. 눈물을 흘리고 어깨를 들썩이며 참회하고 있을 때였다. 어디선가 자애로운 목소리가 들렸다.

"형제님, 무슨 일이시죠?"

고개를 돌려 보니 검은 반팔셔츠를 입은 신부가 미소를 띠며 케빈을 바라보고 있었다. 동글동글한 얼굴에 안경을 쓴 그를 보자 케빈은 갑자기 말문이 막혔다.

"저런, 울고 있었군요."

다정한 목소리였다. 케빈은 막혔던 가슴이 뻥 뚫리는 듯한 느낌이 들었다.

"신부님 저는, 저는…… 흑흑흑흑……."

"무슨 일인지 모르지만 울지 마세요."

신부가 케빈의 어깨를 두드리며 위로했다.

"고해를 하고 싶은가요?"

"네, 네."

"따라오시지요."

신부는 고해소로 들어갔다. 고백소에 들어간 케빈은 맞은편의 의자에 앉았다. 벽면에 고해성사의 순서가 적혀 있었다. 그에 따라 정말 오랜만에 케빈은 자신의 죄를 고백했다.

"성부와 성자와 성령의 이름으로 아멘."

"하느님의 자비와 은총을 굳게 믿으며 그동안 지은 죄를 뉘우치고 사실대로 고백하십시오. 아멘."

"고해한 지 삼 년이 넘었습니다."

"네."

신부는 무슨 이야기든 다 받아들이겠다는 자세로 앉아 있었다. 고백성사는 다섯 가지의 단계를 거치게 되어 있었다. 무엇을 잘못했는지 알아내는 성찰과 알아낸 그 잘못을 뉘우치는 통회, 그리고 다시는 죄를 범치 않겠다고 결심하는 정개, 그리고 죄를 겸손되이 숨김없이 알리는 고백, 그 나머지가 사제가 일러주는 대로 기도하고 선행을 실천하는 보속이었다.

케빈은 반쯤은 말하고 반쯤은 울부짖으며, 자기 안에 있던 모든 응어리를 다 토해냈다.

"아버지를 때리려고 했습니다. 저는 불효자입니다."

"왜 아버지를 때리려고 했죠?"

"제가 가져온 그림을 저도 모르게 내다 팔았는데, 그림 판 돈을 사기당해서 날려버렸어요. 아버지가 죽었으면 좋겠다는 생각을 요 며칠 동안 계속했습니다."

신부는 묵묵히 이야기를 들었다. 남김없이 마음속의 응어리를 털어놓자 케빈은 자신이 마치 바람 빠진 풍선이 된 느낌이었다.

"이밖에 알아내지 못한 죄도 모두 용서하여 주십시오."

벽에 붙은 순서에 따라 고해를 마치자 신부가 물었다.

"이름이 뭐죠?"

"케빈입니다."

"케빈 형제, 하느님은 우리 케빈 형제가 지은 죄를 다 용서하실 겁니다. 제가 보기에 가장 큰 잘못은 남을 의심한 거네요. 속으로 의심했던 그 두 사람에게 가서 사죄하시면 하느님께서 지켜주실 겁니다. 아직 젊으니까 이번 일이 큰 깨달음이 되어 얼마든지 딛고 넘어갈 수 있습니다. 하느님의 뜻은 무한합니다. 어떤 식으로 이루어질지 알 수 없으니까요. 그 벽에 붙어 있는 통회의 기도를 바치세요."

벽에 붙은 기도문을 케빈은 읽기 시작했다.

"하느님, 제가 죄를 지어 참으로 사랑받으셔야 할 주님의 마음을 아프게 하였사오니 악을 저지르고 선을 소홀히 한 모든 잘못을 진심으로 뉘우치나이다."

기도문을 다 읽자 신부님은 사죄경을 외웠다.

"인자하신 천주 성부께서 당신 성자의 죽음과 부활로 세상을 당신과 화해시켜 주시고 죄를 사하시기 위하여 성령을 보내주셨으니 교회의 직무 수행으로 몸소 이 교우에게 용서와 평화를 주소서. 나는 성부와 성자와 성령의 이름으로 이 교우의 죄를 사하나이다. 아멘. 주님을 찬미합시다. 주님의 자비는 영원합니다. 주님께서 죄를 용서해 주셨습니다. 평안히 가십시오."

평안히 가라는 말을 듣자 케빈의 눈에는 뜨거운 눈물이 주르르 흘렀다. 평안이라는 말이 그토록 위안이 될 줄은 꿈에도 몰랐다.

고해실을 나오자 신부도 문을 열고 나와 미소지으며 말했다.

"이 동네 살아요?"

"네, 아버지가 여기 사세요."

"그렇군요. 앞으로는 미사에도 나오세요."

더 이상 얘기하지 않았다. 신부는 고백을 마쳐 개운해진 얼굴을 보고 케빈에게 스스로의 시간이 더 필요하다고 느꼈다.

성당을 걸어 나오는데 케빈은 마음속의 응어리가 풀린 것을 알았다. 당장 보속을 시행하리라 결심했다. 성당 밖은 무더웠다. 땀을 흘리며 내려와 전철역까지 마을버스를 타고 인사동으로 향했다. 명예당에 가자 휴가를 갔다는 팻말이 붙어 있었다. 할 수 없이 여민락을 찾아갔다. 문을 활짝 연 채 선풍기를 틀어놓고 있는 원태진이 보였다. 그는 흰 모시적삼을 입고 합죽선을 부치며 그림들이 크게 배열된 도판을 편집용 루페를 들어 살피고 있었다.

"저어, 안녕하세요."

"누구시더…… 아, 박수창 화백 그림 가진 그 학생이로군."

원태진은 묘한 표정으로 그를 맞아주었다.

"어때, 결국 그림은 못 찾았지? 범인은 누구였어?"

케빈은 부끄러웠지만 용기를 내서 말했다.

"저희 아버지였어요."

케빈은 그동안의 이야기를 했다. 이야기를 들은 원태진은 고개를 끄덕였다.

"비싼 고가의 골동품이나 그림과 관련해 그런 일이 종종 있지. 자네가 운이 없구만. 자네 아버지도 그렇고."

"죄송해요. 의심을 해서 정말 죄송합니다."

무릎을 꿇고 케빈은 빌었다. 사실 원태진은 케빈이 며칠 동안 자신을 감시했다는 말에 처음엔 기분이 나빴다. 하지만 무릎을 꿇고 진정으로 회개하는 모습을 보자 마음이 흔들렸다.

"성당에 가서 고해성사를 했더니 신부님이 죄를 빌라고 하셨어요. 잘못했습니다. 용서해 주세요……."

케빈이 잘못을 빌자, 원태진은 헛기침을 했다.

"흐흠, 잘못한 건 알았으면 됐어. 아무 근거 없이 사람을 의심하면 안 돼. 일어나, 일어나."

눈물을 닦으며 케빈이 일어났다. 덩치 큰 녀석이 우는 것을 보자 생뚱맞게도 웃음이 나려고 하는 원태진이었다.

"이번 일을 계기로 앞으로 인생에는 횡재가 없다는

걸 명심해."

예인이가 해 준 말과 비슷한 말이었다. 정말 인생에는 공짜도 횡재도 없었다.

"알겠습니다. 죄송합니다. 그러면 안녕히 계세요."

인사하고 돌아서 나가는데, 원태진이 잠시 머뭇거리다 케빈을 불렀다.

"어이 학생, 이리와 봐. 그림을 일억에 팔았다고?"

"예, 저희 아버지가 일억 받았대요."

"에잉 쯧쯧……그 회장이 횡재했구만. 제대로 받았으면 오억도 넘게 받을 그림이었는데."

옛날 같으면 분통이 터질 말이었다. 하지만 이미 잘못을 용서받고 마음을 비운 케빈이었기에 그 말은 더 이상 가슴 깊이 와 닿지 않았다. 이미 그 그림을 마음으로부터 떠나 보냈기 때문이다.

"이게 아마 자네 그림이지?"

원태진은 들여다보고 있던 도판을 보여줬다. 거기엔 케빈이 잃어버린 페이퍼 하우스가 사진으로 자리잡고 있었다.

"내가 평생 감정한 그림들을 정리해서 책으로 내려고 하고 있어. 자네 그림도 여기에 들어갔지."

페이퍼 하우스는 감정 받으려 가져왔을 때 케빈 자신

이 찍은 사진이었다.

"사진이 흔들렸다면서요?"

"작게 들어갈 거니까 상관 없어."

교정 보던 걸 치우고 원태진은 말했다.

"자네가 여기 오던 날 삼청동 화랑 주인이 전화를 했어. 웬 청년이 와서 엉뚱한 소리 하더라도 이해하라고. 괜히 내가 쓸데없는 거 알려줬다고 할까 봐 겁난 거지. 물론 지금 생각하면 그래서 멋진 그림을 만나긴 했지만."

"네."

"이봐 자네. 내가 질문 하나 하지. 이 세상에서 제일 무섭고 강력한 대학이 어느 대학인지 알아? 미국에서 유학하고 왔으니까 알겠지."

"하, 하버드 아닌가요?"

"이 녀석, 하버드대학이 어떻게 이 대학에 비하냐? 세계에서 제일 좋은 대학이라니까. 몰라?"

"호, 혹시 그러면 MIT인가요?"

"MIT가 하버드보다도 못한데 어떻게 그 대학을 이겨. 그 대학은 말이다, 바로 들이대야, 들이대."

그게 무슨 말인지 케빈은 몰랐다. 한 번도 들어 본 적이 없었다.

"이 녀석아, 누구든지 가서 자꾸 들이대면 귀찮아서

라도 뭔가 해 주게 되어 있어. 그러니까 내가 세상에서 가장 강력한 대학이라고 그런 거야. 성공한 사람들 보면 다 이 대학 출신이야."

"그, 그게 무슨 말씀이세요?"

"아, 이런 아둔한 녀석 같으니라고. 모르면 말아라. 이만 가 봐. 나 바쁘니까."

두 손으로 케빈의 등을 떠밀며 원태진은 다시 선풍기 앞으로 돌아앉아 보던 교정을 마저 보기 시작했다.

여민락에서 나와 인사동을 걷는 동안 케빈은 '들이대'가 무슨 말인가 생각했다. 하지만 아무리 생각해도 뜻을 알 수 없었다. 어른들 사이의 어설픈 우스개인 것 같은데 뉘앙스를 느끼기 어려웠다.

"뭘 들이대라는 거야. 들이대? 뭐야 그게. 조크인가?"

터덜터덜 버스정류장 쪽으로 걸어오던 케빈은 시간을 보기 위해 핸드폰을 꺼냈다. 문자메시지가 한 통 와 있었다. 예인이가 보낸 건가 싶었는데 아니었다. 중학교 친구였던 철민이었다.

—범준아, 나 철민이야. 한국 왔다며? 잘 지내냐?

케빈은 반가운 마음이 들었다. 당장 철민이에게 전화

를 걸었다.

"철민아!"

"어, 범준이? 헤이 요! 웰컴 투 코리아!"

철민이는 장난스럽게 전화를 받았다.

"그동안 잘 지냈냐, 범준아? 야, 진짜 오랜만이다."

"그럼, 잘 지냈지. 방학이라 한국으로 잠시 왔어."

그렇게 둘은 한동안 서로의 안부를 주고받으며 얘기를 했다. 오랜만에 웃고 떠들어서 케빈은 기분이 좋아졌다. 그러다가 문득 '들이대'가 도대체 뭔지 물어봐야겠다는 생각이 들었다. 어쩌면 한국에 계속 살던 사람들은 알지도 몰랐다.

"야, 물어볼 게 있는데, 들이대가 뭐야?"

"들이대? 그거 어느 연예인이 유행어로 쓰는 거 아냐?"

"연예인?"

"응. 들이대가 뭐냐면, 안 되는 일도 되게 떼쓰고 가서 막 해 달라고 사정하고 이러면 귀찮아서라도 들어주는 걸 말하는 거야. 근데 그건 갑자기 왜? 급한 거냐?"

그 말을 듣는 순간 케빈은 정신이 번쩍 들었다.

"그런 거야? 아, 알았어. 나중에 보자."

전화를 끊은 케빈은 곧바로 어딘가로 달리기 시작

했다.

며칠 뒤 오후 어느 날 매미 소리만 요란한 성북동의 고급 주택가는 한 젊은이의 목소리로 시끄러워졌다.

"회장님, 제발 좀 만나주세요! 제 그림을 돌려주세요!"

벽진그룹 회장 저택 앞에서 케빈이 고래고래 소리를 지르고 있었다. 한참 뒤에야 철문이 열리더니 피곤하다는 듯한 표정의 집사가 내다보면서 말했다.

"아이 참, 이 녀석 또 왔어? 어서 가!"

곧바로 경비원들이 나와서 케빈을 밀어냈다.

"이 녀석아, 한 번만 더 이러면 정말 경찰에 신고해 버린다."

"회장님 한 번만 봐 주세요! 그 그림은 제 전 재산이란 말이에요!"

며칠째 케빈은 회장의 저택 앞에서 시위를 하고 있었다. 처음부터 이러진 않았다. 며칠 전 인사동 여민락에서 오면서 케빈이 용기를 내서 저택의 벨을 눌렀더니, 집사가 나와서 이야기를 듣고는 말했다.

"이봐, 그 그림은 자네 아버지에게 돈 주고 이미 산 그림이야. 그림값을 더 달라니, 이게 무슨 말이야."

"오억도 넘는 그림이라면서요. 사람 하나 살려주는

셈치고 제발…….”

“이 녀석이, 떼를 쓸 걸 써야지. 어서 가!”

그렇게 문전박대를 당했다. 그러나 이대로 물러설 케빈이 아니었다. 단단히 각오를 하고 온 거였다. 그 후 며칠 동안 케빈은 문 앞에 주저앉아 몇 시간씩 버티고 있었다. 가끔은 소리를 지르기도 했다. 차 타고 지나던 사람들이 다 케빈을 쳐다보았다.

한두 시간이 지나자 집사가 다시 나왔다. 집사는 잔뜩 화가 나 있었다.

“야, 너 빨리 안 가냐? 신고하기 전에 어서 가.”

“신고하시든가요. 전 죽어도 못 가요.”

결국 신고를 받고 온 경찰관이 와서 훈계를 한 다음에야 케빈은 자리에서 일어났다. 처음엔 부끄럽고 창피했지만, 이렇게 이판사판 오기로 들이대는 것이 자기의 유일한 희망이라는 것을 알았다. 어차피 어떻게든 무엇이든 해야만 했으니까.

그날 저녁, 케빈은 모처럼 예인이와 만나기로 하고 강남 학원가로 찾아갔다. 예인은 여전히 약간 굳은 표정을 짓고 있었지만 마지막으로 헤어질 때보다는 많이 부드러워져 있었다.

"나 꼭 그림값 받아낼 거야. 진짜 결심했어."

"그게 떼쓴다고 될까?"

"꼭 받아낼 거야. 내가 더 이상 물러설 곳이 없어."

예전보다 많이 수척해졌지만, 그래도 어떻게든 뭔가를 얻겠다고 결의를 불사르는 케빈이 예인은 보기 좋았다.

"나 공부하러 가야 돼. 수업 오 분 전이야."

"조금만 더 있으면 안 돼?"

"안 돼. 모의고사 성적이 자꾸 떨어진다고 아빠랑 엄마가 걱정하셔서. 나중에 또 봐."

예인과의 짧은 만남은 오히려 케빈의 그리움을 더 키웠다. 하지만 내일 또 김 회장 댁에 가서 뻗댈 생각에 케빈은 애써 용기를 냈다.

경찰에게 훈계까지 들었음에도 불구하고 케빈은 그 후에도 며칠 동안 회장의 저택 앞에 진을 치고 그림을 돌려 달라고 무언의 시위를 했다. 소리를 지르면 소란죄로 걸릴 것 같아 그저 대문 앞을 왔다갔다 할뿐이었다. 그러자 경찰관이 또다시 찾아왔다.

"학생, 여기서 왜 또 이러고 있는 거야."

"회장님 만나려고 왔는데 안 만나줘서 기다리는 거예요. 왜 그러세요."

"좋은 말로 할 때 어서 가."

"잡아넣든지 말든지 맘대로 하세요. 전, 여기 있을 뿐이거든요? 대한민국엔 그런 자유도 없어요?"

"아이 진짜, 이 자식 좀 봐라."

"잡아 가세요. 잡아 가라고요."

경찰관은 기가 막혔다. 그렇다고 딱히 뭐라 할 수도 없었다.

"너, 우리 순찰 돌고 올 때까지 여기 있으면 정말 잡아간다."

케빈은 그런 식으로 회장과 나름대로 치열한 전쟁을 펼쳤다. 자기가 내세울 것은 젊은 패기와 미친 척하는 용기밖에 없었다. 하지만 그것만으론 녹록치 않았다. 1주일 넘게 회장 저택에 매일 찾아갔지만 아무런 성과도 없었다. 케빈은 차츰 지쳐가고 있었다.

며칠 뒤 다시 케빈은 예인을 찾아갔다. 모처럼 예인에게 자유시간이 생긴 것이었다.

"그래서, 계속 거기서 그러고 있었단 말이야?"

공원에서 아이스크림을 나눠 먹으며 예인이 물었다.

"앞으로도 그럴 거야. 일억, 아니 천만 원, 아니 백만 원이라도 받아낼 거야. 내가 살 길은 그것뿐이야. 아버지도 그 뒤로 안 들어오시고, 방세도 밀렸어."

안 그래도 어제 집주인이 와서 방세가 몇 달 밀렸다고 통보했다. 그 말을 들은 예인은 어두운 표정이 되었다.

"내가 돈이 있으면 좀 도와줄 텐데."

"아니야, 학생이 무슨 돈이 있어. 생각만이라도 고마워."

케빈은 조심스럽게 손을 내밀어서 예인의 어깨를 감싸주었다. 예인은 피곤에 지친 머리를 케빈의 듬직한 어깨에 기댔다. 품에 안으면 녹아서 스러질 것 같은 예인이었다. 하지만 미국에서 레슬리가 기다리고 있다는 생각이 문득 들었다. 이래선 안 된다는 생각에 손을 뗐다. 예인이도 케빈이 무슨 생각을 하는지 알고 있는 듯 그런 케빈을 말리지 않았다. 헤어지면서 예인은 뭔가 간절한 표정으로 케빈을 바라보았다. 케빈은 그저 손을 흔들 수밖에 없었다.

다음날도 어김없이 케빈은 계속 회장의 저택 앞을 배회했다. 경찰관들도 이제는 더 이상 귀찮게 하지는 않았다. 두어 시간 동안 회장집 앞에 쭈그려 앉아 누구라도 나오기를 기다렸다. 아마 경비실 CCTV 경비 카메라로 그런 자신을 계속 지켜보고 있을 거였다.

그날도 아무런 성과 없이 터덜터덜 언덕길을 내려가 집으로 걷고 있는데, 갑자기 핸드폰 벨소리가 울렸다.

"황범준 군인가?"

어디서 들어 본 목소리였다.

"네, 누구시죠?"

"여기 김 회장 댁인데, 잠시 들어와 봐."

김 회장 집사의 목소리였다.

"네? 네, 알았습니다."

뭔가 일이 생긴 거였다. 케빈은 허둥지둥 오던 길을 되짚어 회장 집 앞까지 한달음에 달려갔다. 가정부가 대문 앞에 나와서 기다리고 있었다. 안내를 받으며 케빈은 정원으로 들어섰다. 여전히 잘 가꿔진 정원수들이 짙은 녹음을 자랑하고 있었다. 별천지나 다름없었다. 시원한 바람이 케빈의 땀에 젖은 얼굴을 살짝 감쌌다.

문득 그날 생각이 났다. CCTV에 적나라하게 찍힌 아버지의 얼굴, 그리고 찢어지는 듯했던 자신의 마음…… 지금의 자기 모습도 똑같이 찍히고 있으리라 생각하며 담장 위의 카메라를 바라봤다. 응접실로 안내되어 들어가 앉자, 잠시 후 집사가 나와 말했다.

"자네, 여기서 기다려. 사모님께서 나오실 거야."

케빈은 가슴이 두근두근 뛰었다.

잠시 후 기품 있게 생긴 중년의 부인이 나와서 케빈을 바라보았다. 드라마에 나오는 회장의 부인과는 달리 위엄보다는 겸손함이 느껴졌다.

"반갑군요. 황범준 군이라고 하셨죠?"

"네."

"이야기는 들었어요. 계속 그림 값을 달라고 며칠 동안 우리 집 앞을 서성였다면서요?"

"네, 폐가 되었다면 죄송합니다. 하지만 저도 어쩔 수 없었어요. 제가 원래 그걸 팔아 중단했던 학업을 다시 시작하려고 했는데, 아버지가 사기를 당하셔서 그 돈을 다 날려버렸어요. 저희 아버지는 지금 집을 나가신 지 꽤 됐거든요."

말을 시작하자 줄줄이 이야기가 나왔다. 안 그러려는데 설움이 북받쳐 왔다.

"다시 한 번 죄송하다는 말씀 드릴게요. 하지만 그 그림은 오억이 넘을 수도 있다고 하던데……."

케빈의 말을 물끄러미 듣던 부인은 고개를 끄덕였다.

"알았어요. 지금 회장님은 해외 출장중이세요. 김 집사, 준비한 거 가져와."

그 말을 듣는 순간 케빈은 가슴이 뛰었다. 집사는 안방에서 봉투를 하나 들고 나왔다.

"자, 여기 약소하지만 학생이 너무 안 됐고 사정이 딱해서 우리가 좀 더 생각했어요. 하지만 이제는 더 이상

이 일로 우릴 괴롭히거나 일을 복잡하게 하면 안 돼요."

케빈은 봉투를 받았다.

"조금 넣었어요. 학생이 학업을 다시 재개할 수 있을 정도로……."

이윽고 집사는 케빈을 아래층으로 데려갔다. 그리고 각서를 내밀었다.

"자, 여기다가 서명해."

각서는 더 이상 이 그림의 권리를 주장하고 소란이나 행위를 일으키지 않을 것이며, 추후에 또 그럴 시에는 민·형사상의 모든 책임을 진다는 내용이었다. 각서에 적힌 금액은 2천만 원이었다.

"사모님께서 특별히 배려하신 거다."

봉투를 안주머니에 집어넣은 뒤 케빈은 떨리는 손으로 서명을 했다. 가정부의 안내를 받아 저택 밖으로 나오자, 케빈은 이것이 꿈인가 생시인가 싶었다. 저택이 보이지 않는 데까지 내려가서 봉투를 열어 보았다. 천만 원권 수표가 정말 두 장 들어 있었다. 케빈은 동그라미를 몇 번이고 세어 보았다. 도무지 입이 다물어지지 않았다.

"야호!"

2천만 원이면 약 2만 달러였다. 이 정도면 레슬리에

게도 돈을 조금이나마 나눠줄 수 있게 되어 덜 미안했다. 미국에 돌아가 고등학교를 졸업할 때까지 쓸 수도 있다. 밀린 월세도 낼 수 있을 것 같았다. 가슴이 벅차올랐다. 들뜬 마음에 예인에게 문자를 보냈다.

—예인아! 들이댄 게 성공했어! 이천만 원 받았어!

케빈은 손꼽아 답장을 기다렸다. 하지만 한 시간이 지나도 답신이 오지 않았다. 케빈은 혹시나 해서 문자를 한 통 더 보냈다.

—회장이 이천만 원이나 더 줬어!
오늘 당장 만나자!
고마워, 다 네가 해 준 이야기 덕분이야!

하지만 몇 시간이 지나도록 답문자는 여전히 오지 않았다. 이상한 느낌이 들었다. 케빈은 학원으로 직접 찾아갔다. 학원 시작 시간에 잠깐이라도 만나려고 학원 앞에 서 있었다. 그러나 어찌 된 일인지 예인은 보이지 않았다.

"어떻게 된 일이지?"

혹시나 해서 학원이 끝날 때까지 기다려 봤지만, 예인은 역시 나오지 않았다. 여전히 답문자도 오지 않았다. 할 수 없이 케빈은 문자 보내는 걸 포기하고 전화를 걸었다. 그런데 수화기에서 흘러나오는 소리에 케빈은 순간 흠칫했다.

—지금 거신 전화 번호는 없는 번호입니다. 다시 확인하신 후 걸어주시기 바랍니다. Your number…….

어제까지 통화했던 번호가 없다니, 케빈은 당황했다. 여기저기 전화를 걸거나 PC방으로 가 메신저를 연결해 친구들에게 예인이의 소식을 물었지만 소식을 아는 애들은 하나도 없었다. 그애들은 예인의 전화번호가 바뀌었다는 사실조차 모르고 있었다. 자정이 다 된 시간이었지만 케빈은 예인이네 집을 향해 달려갔다. 아파트 입구에서 경비가 케빈을 저지했다.

"학생, 지금은 들어갈 수 없어."

"아저씨, 저기 천이백삼호에요. 잠깐만요."

"안 된다니까 그러네."

"왜 안 돼요. 사람이 들어갈 수도 없단 말예요?"

"늦은 시간이라 외부인은 주인 허락 없이 못 들어가.

어서 돌아가."

불길한 예감에 사로잡힌 채로 케빈은 터덜터덜 집으로 돌아왔다. 그때였다. 누군가에게 전화가 왔다. 모르는 번호였지만 케빈은 일단 받았다.

"여, 여보세요?"

"범준아. 나야, 예인이."

"예인아, 어떻게 된 거야? 답장도 없고."

"성적이 자꾸 떨어진다고 아빠 엄마가 핸드폰을 뺏어 버렸어. 학원도 다 끊었어. 이제는 집에서만 공부하래. 개학 때까지 외출금지야."

"무, 무슨 소리야? 외출금지라니?"

"미안해. 지금도 몰래 가정부 아줌마 전화로 전화하는 거야. 더 이상 전화하기 힘들어. 나중에 시간 나면 내가 이메일 보낼게."

그게 끝이었다. 케빈은 더 이상 예인의 목소리를 들을 수 없었다.

# 포기의 대가

"미국 가는 비행기 자리가 그렇게 없어요?"

"잠시만 기다려 주세요."

수화기 너머로 또닥또닥 키보드 두드리는 소리가 계속 들렸다. 케빈은 귀에 땀이 차는 걸 느끼며 기다렸다. 여행사 여직원은 끈질기게 키보드를 두드리고 있었다. 인천에서 애리조나 피닉스까지 가는 비행기표를 구하는 것이 쉽지 않은 모양이었다.

"손님, 지금이 유학 왔던 학생들이 다 돌아갈 때여서 구하기가 힘드네요. 조금만 기다려 주세요."

인내심이 다해 전화를 끊을 만하면 여직원이 이렇게 말했다.

"네, 기다리고 있어요."

한참 동안 키보드를 두드리고 마우스를 클릭하던 여직원은 마침내 무언가를 찾아낸 모양이었다.

"손님, 팔월 십오일은 광복절이어서 복잡하구요, 십육일에 일본 경유해서 미국 샌프란시스코를 한 번 더 경유하는 비행기가 있는데, 괜찮으시겠어요?"

지금 괜찮고 안 괜찮고를 따질 때가 아니었다. 원래 이 시기에 미국으로 돌아갈 계획이 없었기 때문이다. 아니 어쩌면 미국엔 영영 돌아가지 못할 뻔했다. 하지만 이제 상황이 바뀌었다.

"네, 그걸로 해 주세요. 얼마죠?"

"잠시만 기다려 주세요. ……네 손님, 왕복 다해 가지고 백칠십만 원입니다. 괜찮으시겠어요?"

두 번이나 경유함에도 불구하고 170만 원이었다. 하지만 어쩔 수 없었다. 성수기란 그런 거였다.

"네."

"그럼 손님, 내일까지 온라인으로 입금해 주시고요, 입금 확인되는 대로 이(E)티켓을 메일로 보내 드리겠습니다."

전화를 끊고 나자 케빈은 바로 은행에 가서 여직원이 일러준 여행사 계좌번호로 돈을 보냈다. 잠시 동안 에

어컨이 빵빵하게 돌아가 시원한 은행에 머무르다가 밖으로 나오니 8월의 무더위가 기다렸다는 듯 케빈을 덮쳤다. 김 회장 부인에게서 받은 2천만 원은 조금씩 헐리고 있었다. 정말 피보다 더 귀한 돈이지만 몇 개월째 내지 못한 방의 월세를 내고 비행기표를 비롯해 필요한 곳에만 아껴 써도 쓸 일이 많았던 것이다.

돈을 받고 나서 가장 먼저 할 일은 레슬리에게 이메일을 보내는 것이었다. 전에 보낸 메일도 아직 레슬리는 읽지 않고 있었다.

*레슬리, 케빈이야.*

*한국은 지금 무척 더워. 몬순이 끝나서 사람들은 바캉스철이라고 바다로, 산으로 놀러가지. 나도 세도나의 오클릭에서 물놀이하며 놀던 기억이 나네.*

*잘 지내지? 내가 피닉스로 가는 비행기표를 구했어. 8월 16일에 출발해서 당일 도착이야. 곧 만날 수 있을 거야.*

*참, 미국에 집은 어떻게 됐어? 혹시 아직도 은행에서 괴롭히고 있어?*

이메일을 쓰다가 케빈은 한동안 모니터 화면을 멍하니 바라보았다. 그림에 대한 자세한 사연은 도저히 얘기할 수 없었다. 설명하려면 너무나 긴 이야기였다. 케빈은 키보드를 마저 두드렸다.

*자세한 내용은 미국 가서 말해 줄게. 곧 만나자. 그럼.*

*—사랑하는 케빈이.*

미국에 가면 사실을 다 말할 생각이었다. 사실 2만 달러도 대단한 금액이었기에 분명히 횡재했다고 레슬리는 생각할 것이다. 그러나 진실을 밝히는 순간, 자존심은 무너지는 거였다. 아버지의 이야기와 그동안 겪은 사건은 자신의 어리석음 뿐만 아니라 집안의 치부까지 낱낱이 드러내는 것이나 마찬가지였기 때문이다.

그러나 또 다른 커다란 불안감과 불확실성이 기다리고 있었다. 미국에서의 생활을 정리하고 돌아온 뒤 무슨 일을 해야 할지 고민이었다. 마치지 못한 고등학교 학업을 위해서는 검정고시를 보는 수밖에 없었다. 검정고시를 본 뒤 대학도 가야 하는데 이 상태에서 대학 등록금을 마련할 수 있을지조차도 알 수 없었다. 학비를 직접 벌 생각도 해 보았지만 고등학생이 돈을 번다는 것은 한국에서건 미국에서건 어려운 문제였다. 분명한 것은 한국에 돌아와 어떤 식으로든 현실에 새롭게 온몸을 던져야 한다는 사실이었다.

하지만 아직까지 무슨 전공으로 무엇을 해야 할지도 전혀 생각해 둔 게 없었다. 미국에서는 의대를 간다고 운동생리학 같은 연관 과목을 공부했었지만, 지금 돌이켜 보면 대책 없는 짓이었다. 의대 입학금이 얼마나 비싼지 알고 있었기 때문이다. 아버지의 지원 없이 미국에서 혼자 의대를 다닌다는 것은 거의 불가능했다.

한국에서 있었던 한두 달 동안의 사건들을 돌이켜 보던 케빈은 마음속의 미진함이 남아 있음을 알았다. 무엇 때문에 찜찜함이 남아 있는지 알 수가 없었다. 아무리 생각해도 뭔가 해결하지 않은 게 있는 것이었다.

'뭐지? 뭐야?'

노트북 컴퓨터는 이내 화면보호로 돌았다. 거기에 뜨는 건 바로 페이퍼 하우스였다. 명예당 김문성이 찍었던 사진이었다. 그 순간 케빈은 자신이 무엇을 놓쳤는지 알았다. 아직까지 명예당 주인 김문성에게 찾아가 사과하지 않은 것이다. 레슬리의 기념품도 변변히 사지 못했다는 사실이 생각나 케빈은 인사동으로 다시 나가기로 했다. 기록적인 폭염에도 불구하고 거리에 사람들은 합죽선으로 부채를 부치거나 태극선으로 햇빛을 가리며 여기저기서 쏟아져 나왔다.

명예당은 휴가가 끝나서 돌아왔는지 문이 열려 있었다. 선풍기 바람을 쐬던 김문성은 인기척에 고개를 돌리더니 바로 알아봤다.

"자네는?"

"네, 안녕하세요."

"그래, 내 여민락 주인한테 이야기는 들었어. 이리 좀 앉지."

에어컨과 선풍기를 동시에 켰는지 명예당은 무척 시원했다. 맞은편에 앉자 김문성은 지그시 케빈을 바라보았다.

"그래, 듣자 하니 나를 의심해서 며칠 동안 몰래 감시했다고?"

"죄, 죄송합니다. 용서해 주세요."

"그래, 용서를 구한다니 용서는 해 주겠네. 젊은 친구가 그렇게 돈에 눈이 어두워서 말이야, 쯧쯧…… 어른들 의심해 보니까 기분이 어때?"

"죄송합니다."

진심으로 사죄하는 케빈의 모습을 보자, 김문성은 마음이 다소 풀린 듯 녹차를 한 잔 끓여 왔다.

"자, 살살 불어서 마시면 시원해져."

하지만 온몸에 열이 많은 케빈은 녹차를 입에 대지도

못하고 있었다.

"그래, 미국으로 다시 돌아갈 건가?"

"네, 잠시 갔다 오려구요."

"내 자네 이야기는 들었어. 미국 다녀와서 뭘 하려는 거지?

"공부를 마치려면 검정고시를 쳐야 할 것 같아요."

"전공은 뭘 할 건가."

"딱히 생각은 안 해 봤어요."

"왜 생각을 안 해. 이번에 혹독한 경험을 하지 않았어? 이쪽 바닥이 어떤지에 대해서 생각하게 됐잖아."

"아, 네. 그건, 그렇죠……."

사실 그건 돌이키고 싶지 않은 아픈 추억이었다.

"자네 같은 젊은 친구가 이런 경험을 한다는 건 굉장히 독특한 거지. 세상의 비정함에 대해서 일찍 눈을 뜬 거니까. 어때? 미국에서 공부도 했고, 재능도 있어 보이는데, 이쪽 분야에서 계속 공부해 보는 건 어떤가?"

"이쪽 분야라시면, 저보고 그림을 그리라고요?"

"멍청하긴. 그림을 그리라는 게 아니라 미술시장에서 비즈니스를 해 보라는 거야. 한마디로 말하면 '예술비즈니스' 지. 그림을 전문으로 경매하는 경매사라든가, 큐레이터라든가, 뭐 이런 거 있잖아. 물론 직접 그림을 그리거나 디자인을 해도 되겠지. 하지만 해외시장과 교류도 책임지고 해야 하고, 찾아보면 여기도 할 일이 매우 많아. 자네처럼 젊은 친구가 박수창의 그림을 알아보고 팔겠다고 한국까지 가져온 것은 나이답지 않게 용기 있는 거야. 어떻게 보면 그쪽 직업과 인연이 있는 거지."

"별로 그렇지도 않은데……."

"잘 생각해 보게. 이쪽으로 전문지식을 쌓으면 누구보다도 자넨 앞서갈 수 있어. 꼭 예술 분야 직업에 종사한다고 해서 특별한 재능 같은 게 있어야만 하는 건 아니지."

김문성은 케빈이 솔직하게 사죄하러 와서 겸손한 태도로 용서를 구하는 것이 마음에 들었다. 그래서 케빈의 앞날에 대한 길까지 나름대로 제시해 주고 있었다.

"하, 한 번 생각해 보겠습니다."

"그래, 그전에 일단은 하던 공부를 열심히 해야지. 궁금한 거나 어려운 게 있으면 나를 찾아와. 명예당 회장이나 나만 알면 그림 시장이나 골동품 시장 같은 것들은 거의 꿸 수 있으니까."

"고, 고맙습니다."

시간이 지나 케빈이 나가려 하자 김문성이 예스러워 보이는 부채 하나를 건네주었다.

"자, 기념으로 가지고 가. 비싼 건 아니니까 부담 갖지 말고."

"가, 감사합니다."

인사동 거리로 나오자 다시금 땀이 나기 시작했다. 부채를 부쳐 더위를 식히며 케빈은 생각했다. 정말 김문성이 얘기한 대로 자신이 과연 그쪽 업계에서 능력을 발휘할 수 있을까. 궁금하기도 했지만 아무리 생각해도 자신없었다.

그때였다. 핸드폰이 울렸다. 031로 시작하는 낯선 경기도 지역 번호였다.

"여보세요."

전화 건 쪽에서 한동안 말이 없었다.

"여보세요? 전화를 거셨으면 말씀을 하세요."

문득 한 가지 생각이 스쳐 지나갔다.

"아빠? 아빠죠? 지금 어디에요? 왜 전화해 놓고 말을 안 하세요? 아빠?"

전화는 끊어졌다. 갑자기 마음속에 어두운 그늘이 졌다. 그 사건 이후로 아버지 얼굴을 한 번도 본 적이 없었다. 연락조차 되지 않았다. 처음에는 아버지가 콱 죽어버리기를 바랐다. 하지만 이제는 그런 생각은 스러지고 없었다. 게다가 아버지가 죽으면 그 뒤는 상상하기 힘들었다. 천애의 고아가 되는 건 둘째 치고 예상치 못한 일들에 휩쓸려야 했다. 생활, 공부, 집 등등. 모든 게 문제였다.

"아, 일상적인 게 가장 행복한 거구나……."

현재 상태에서 늘 그렇듯 무난히 일상적으로 일이 굴러가는 것이 가장 행복하다는 것을 케빈은 다시금 깨달았다. 비록 능력 없는 아버지지만, 집에 다시 들어와서 자리를 지켜주었으면 하는 바람이었다. 그리고 자기도 미국에서 공부하는 것을 그대로 유지할 수만 있다면 얼마나 좋을까 하는 생각이 들었다. 가만히 돌이켜 보면, 이 세상 모든 사람들은 일상적인 것을 지키기 위해 노력하는 것이었다. 학생은 계속 공부할 수 있는 환경을 위해 노력하고, 기업가들은 자신의 기업이 계속 굴러가기를 바랐다.

있어야 할 것과 있는 것의 차이는 분명했다. 하지만 그 갭을 메우기 위한 노력의 과정 역시도 중요하다는 것을 케빈은 깨달았다. 노력하고 계속 진행해 나갈 때 있어야 할 것을 이루느냐, 못 이루느냐는 별로 중요한 것이 아니었다. 끊임없이 노력한다는 그 자체, 그리고 매일매일 일상을 반복할 수 있다는 것, 그것이 바로 안정이고 그것이 행복이었다. 평범하게 공부를 하고 가정에서 식구들과 단란한 시간을 보내는 그것.

그 생각의 결과 있어야 할 것으로 김문성이 말해 준 '예술비즈니스'를 올려놓으니 케빈에게는 마치 그 말이 먼 바다 저편에서 안개를 뚫고 빛을 전하는 등대처럼 느껴졌다.

하회탈과 태극선 등 미국 가서 친구들에게 나눠줄 기념품을 사면서 걷다 보니 어느새 삼청동 골목에 들어섰다. 애초에 그림을 팔려고 갔던 화랑이 생각나 그곳으로 갔다. 기획전을 열고 있는 화랑의 그림들을 찬찬히 바라보았다. 그런 경험은 평생 처음이었다. 내용은 알 수 없었지만. 그림들을 하나하나 훑어가며 보니 어떤 느낌이 생겼다. 박수창의 그림이 자신이 그림을 보는 하나의 기준이 되었던 것이다. 어떤 그림은 너무 화려했고, 또 어떤 그림은 너무 질박했다. 정서적으로 와 닿지 않는 그림들이 전시되어 있기도 했지만, 어떤 그림은 또 오랫동안 시선을 끌었다.

"이 그림 마음에 들죠?"

고개를 돌려 보니, 그때 보았던 중년의 여인이 케빈을 바라보고 있었다.

"낯이 익네요. 어디서 봤던 것 같은데."

"네, 전에 한 번 왔었어요. 박수창 씨 그림으로."

"아, 그때 그분이시구나. 어떻게 됐어요? 그림은 팔았나요?"

"네."

씁쓸한 표정을 지으며 케빈이 답했다.

"잘했네요. 얼마에 팔았어요?"

"일억 이천만 원에요."

그림을 받고 판 1억에 어거지로 받은 2천만 원까지 하니 1억 2천만 원인 셈이었다.

"어머, 많이 받았네. 진품이었나 보네요."

케빈의 복잡한 표정을 읽은 여인은 재빨리 화제를 바꿨다. 고객을 많이 상대해 본 솜씨였다.

"이 그림이 마음에 들어요?"

"네, 조금요."

"그림 볼 줄 아시네. 이 그림이 여기 전시되어 있는 작품 중에 제가 보기에는 최고예요. 가격은 그다지 비싸지 않지만."

지금 나보고 그림을 사라는 건가, 하는 표정으로 쳐다보았을 때 여인이 호호 웃었다.

"호호, 이왕 오셨으니까 구경하고 가세요."

"네, 아, 그런데 저, 뭐 하나 여쭤 봐도 돼요?"

"네, 물어보세요."

"이런 쪽에서 일하면 어때요? 재미있으세요?"

오호, 이건 또 무슨 의미인가 하는 표정으로 여인이 대답했다.

"물론이죠. 아름다움을 다루는 직업이잖아요. 작가들이 열심히 노력한 작품을 안목을 가지고 골라서, 또 나름대로의 안목을 가진 소장자들에게 연결해 주는 일이니까, 보람이 있죠."

"실례지만, 이런 일을 하시면……."

"돈 얼마나 받냐고요?"

여자는 눈치가 빨랐다.

"그림 값의 십 퍼센트 정도 받아요. 왜, 이쪽에 관심 있어요? 이쪽 업계가 앞으로 아주 유망해요. 우리나라도 이제 문화 선진국으로 나아가고 있기 때문에 전 세계를 상대로 비즈니스할 게 많답니다."

케빈은 고개를 끄덕였다. 여민락 주인이 빈말을 한 것 같지는 않았다.

"냉커피 한 잔 마시고 가요. 날씨도 더운데."

화랑 주인과 이런저런 이야기를 나누고 집으로 돌아왔다. 간단하게 짐을 꾸리고 인사동에서 산 기념품들을 담았다. 하지만 아직도 가슴 한쪽이 답답했다. 예인이 때문이었다. 어떻게든 예인이를 한 번 만나지 않으면

이 답답함을 벗어날 수가 없을 것 같았다.

다음날 케빈은 강남에 있는 초생병원을 찾아갔다. 예인이의 어머니가 병원장으로 있다는 병원이었다. 초생병원은 강남의 큰 대로변에 있는 커다란 10층 건물이었다. 초생병원 원장실은 부속실을 통해서만 들어갈 수 있었다.

"저, 원장님 뵈러 왔습니다."

"무슨 일이시죠?"

비서로 보이는 여자가 물었다.

"원장님께 여쭤볼 게 있어서요."

"미리 약속은 되셨나요?"

"아니오."

"그러면 곤란해요 약속을 정하고 다시 오세요."

"지금 당장 원장님을 만나 뵙고 싶습니다. 잠깐만 시간 내주시면 됩니다. 중요한 일입니다."

"안 됩니다. 약속을 정하고 다시 와주세요."

하지만 케빈은 돌아갈 마음이 없었다. 예인이를 만나려면 예인이 어머니를 통하는 수밖에 없다는 생각이 들었기 때문이다.

"그만하시고 나가세요. 소용없다고요."

부속실의 남자 직원까지 가세해 말했지만 케빈은 말없이 원장실 앞에 서 있었다. 들이대 출신들의 수법이었다. 어떻게든 원장을 만나야만 했다.

“나가시라니까요.”

“원장님 뵙고 갈게요.”

“안 되겠네. 여보세요, 경비!”

직원이 바로 인터폰으로 경비를 불렀다. 잠시 후 제복을 입은 건장한 체격의 남자 두 사람이 달려왔다.

“이 학생이 나가질 않네요. 끌어내 주세요.”

“이봐요, 이러고 버티고 있는 거 업무방해예요. 경찰에 넘길 수도 있어요. 어서 가세요.”

경비원 두 남자가 케빈의 양쪽 어깨를 잡았다.

“이거 놔 보세요! 원장님한테 급히 드릴 말씀이 있다니까요!”

케빈은 저항했지만 소용없었다. 경비원들은 케빈을 붙잡은 채로 위협했다.

“계속 그러면 경찰을 부를 거야.”

그렇게 말하며 경비원들은 케빈을 부속실 밖으로 끌고 갔다. 그러자 케빈이 크게 고함을 질렀다.

“원장님! 저 케빈이에요. 예인이 때문에 왔어요. 예인이 만나게 좀 해 주세요!”

아무리 해도 케빈이 순순히 물러날 것 같지 않자, 경비원들은 케빈을 병원 입구까지 끌고 나갔다.

"한 번만 더 눈에 띄기만 하면 자네 가만 안 둬."

거친 숨을 내쉬며 경비원들은 케빈을 위협했다. 병원 경계 밖으로 밀려난 케빈은 병원 원장실 창밖으로 예인이의 엄마가 내려다보는 것은 알지 못했다.

"어떻게든 예인이 만나고 말 거예요! 만난다고요! 내일 또 올 거예요."

누가 듣든 말든 케빈은 소리질렀다. 그 목소리에는 결기가 섞여 있었다.

창밖으로 내다보던 예인의 엄마는 순간 마음을 바꿨다. 피할 게 아니라 자신이 케빈의 의지를 꺾어야겠다는 생각을 한 거였다. 인터폰으로 비서에게 연락했다.

"비서, 아까 쫓아냈던 학생 다시 들여보내. 한번 만나보겠어."

연락을 받은 경비원들이 병원 입구에 멍하니 서 있는 케빈에게 달려갔다.

"학생, 원장님이 보자시네."

그 말을 듣자 갑자기 케빈은 가슴이 뛰었다. 엘리베이터를 타고 10층까지 올라가 원장실에 들어서자 사방에 늘어선 수많은 난초 화분이 케빈을 맞았다. 보석 박힌 다리가 두꺼운 명품 안경을 쓴 예인의 어머니가 소파에 앉아 있었다. 그녀는 사무적인 표정으로 케빈을 맞았다.

"음, 네가 범준이구나. 이리 앉아라. 예인이 만나고 싶어서 날 찾아왔다고?"

"네, 제가 미국으로 다시 가거든요. 예인이한테 신세진 것도 있고 해서……."

"예인이는 너랑 만나지 않기로 했어. 공부 열심히 해서 나중에 이 병원을 물려받아야 돼. 그런데 네가 온 이후로 그 계획에 차질이 생겼어. 네가 오기 전까지, 예인이는 공부도 잘하고 앞만 보고 달려가던 애였어. 그런데 널 만나면서부터 애가 흔들리기 시작했다. 안 그래도 엄마가 다루기 힘든 애야. 나한테 신세진 거 갚는다고 나한테 받은 돈 전부 다 기록하는 거 너 아니?"

"……."

"하지만 지금은 어려서 그런 거라고 생각하기로 했어. 오히려 예인이의 그런 오기와 자존심, 나는 좋아해. 그런 게 있어야 이런 큰 병원을 물려받을 수도 있으니까. 예인이 아빠는 나약하기 짝이 없는 사람이야. 예술을 하고 아름다움을 사랑하는 건 좋지만, 병원을 경영하는 것하곤 별개의 문제야. 그래서 내가 예인이에게 말했어. 딴 길로 새지 말고 공부에만 집중하라고……."

듣고 보니 예인이 말하던 엄마와 지금 케빈의 눈앞에 있는 엄마는 조금 달랐다. 예인이의 말에 의하면 자신을 하나도 사랑하지 않고, 오로지 현실적으로 자신을 억압하는 걸로 여겼는데 그렇지 않았다. 피는 안 섞였지만 예인의 장래에 기대를 건다는 게 느껴졌다. 기대라는 건 대개 사랑의 다른 형태였기 때문이다.

"그, 그렇지만 아무 연락도 없이 절 안 만난다는 건 납득이 가지……."

"알아. 예인이가 그만큼 독하게 마음을 먹은 거야. 예인이하고 내가 거래를 하나 했거든."

"거, 거래요?"

"그래. 나중에 어른이 되어 자신이 뜻하는 것을 얻으려면 거래하는 법을 잘 알아야지. 예인이한테는 공부 잘해서 꼭 의대를 가라고 했어. 그래서 엄마가 뭘 해 주면 좋겠냐고 물어보았지. 그랬더니 너를 도와주라고 그러더구나."

"네? 저, 저를요?"

케빈은 머리가 띵했다.

"그래, 널 도와주면 자기가 앞으론 널 안 만나고 공부에만 전념하겠다고 그랬어."

"그, 그건……."

"벽진그룹 회장한테 그림값 추가로 받았지?"

"네? 그걸 어떻게?."

"자네가 무서워서 그 집에서 그림값을 쉽게 내줬을 것 같애?"

"……."

"벽진그룹 직원들은 매년 정기검진을 여기서 받아. 그래서 거기 회장님도 잘 알지. 내가 회장님한테 네 딱한 사정을 말씀 드리고 부탁을 했다. 물론 누군가가 그림에 대해 계속 걸고 넘어지는 건 결코 사회적으로 좋을 것 없다는 점도 말씀 드렸던 거야. 그 결과 회장님이 너한테 그림값을 별도로 조금 더 지불하신 거야. 예인이는 물론 약속을 잘 지키고 있지. 지금 모든 걸 떨치고 공부에만 전념하는 중이야. 아주 중요한 시기지. 첫 번째 인생의 목표를 향해 달려가는 중이기 때문에 너처럼 미국에서 자유롭게 살다 온 친구가 와서 물을 흐리게 되면 모든 게 수포가 될 수도 있어. 아무튼, 예인이는 조건을 받아들였어. 약속을 잘 이행하고 있으니 더 이상 예인이를 흔들지 마. 잘 가라."

차갑고 냉랭한 말투였다. 반론 같은 건 용납하지 않겠다는 태세였다.

비틀비틀 원장실을 걸어 내려오면서 케빈의 뇌리에는 끊임없이 예인이 어머니의 말이 웅웅거렸다.

—아무튼, 예인이는 조건을 받아들였어. 약속을 잘 이행하고 있으니 더 이상 예인이를 흔들지 마. 잘 가라.

자신이 받은 2천만 원이 예인과 엄마와의 거래로 받아낸 돈이라는 사실을 알자, 케빈은 못 견디게 괴로웠다. 마음 같아서는 그 돈을 다시 돌려주고 예인이의 얼굴을 한 번이라도 보고 싶었다. 하지만 그것은 현실적으로 불가능했다.

"이런 망할!"

주먹을 쥐고 병원 담장을 힘껏 쳤다. 손에서 우드득 소리가 났지만, 아픈 줄도 몰랐다.

# 고무신

8·15 광복절의 전날 밤은 시끄러웠다. 현란한 헤드라이트와 장식등을 켠 오토바이 폭주족들이 밤새도록 거리를 질주하고 있었다. 텔레비전 뉴스에서 폭주족 몇 명을 검거했다는 소식이 계속 보도되었다.

케빈은 문득 8월 15일이 일요일임을 깨달았다. 케빈은 갑자기 미사를 드리고 싶었다. 단정하게 옷을 갈아입고 성당으로 향했다. 저녁 7시에 미사가 있었다. 낮에 바빴던 사람들이 마지막으로 참여하는 미사였다. 차분히 성당에 앉아 기도를 하며 미사가 시작되길 기다렸다. 이윽고 신부가 들어와 미사를 거행했다. 전에 케빈에게 고해성사를 해 주었던 그 신부였다.

"제가 옛날에 신학생이었을 때 참여했던 미사가 기억이 나네요. 오늘 그걸 한 번 해 볼까 해요. 날씨 많이 더우시죠?"

"네."

"오늘 강론은 이 더위를 통해서 자연의 섭리를 주재하시는 하느님의 영광을 다시 한 번 생각해 보는 걸로 마치겠습니다. 더운데 일찍들 들어가셔서 시원한 수박이나 드시면서 가는 여름을 즐기세요."

강론은 그게 전부였다. 통상적으로 10분 내지 15분 하는 강론을 1분도 안 돼 끝내버린 것이다. 신자들은 반쯤은 어리벙벙한 표정이었지만 반쯤은 신부의 허를 찌르는 센스에 웃었다. 미사를 끝내고 성당 밖으로 걸어 나올 때, 신부가 케빈을 불렀다.

"어이, 친구. 그래, 성당 미사 잘 나왔어. 그때 고민 많이 하더니 어떻게 됐어?"

"신부님 덕분에 모든 고민이 해결됐어요. 의심했던 사람들 찾아가서 다 잘못을 빌었고요, 용서를 받았어요."

"음, 얼굴을 보니까 전보다 훨씬 밝아졌네. 근데 여전히 어두움이 조금 남아 있는 것 같아."

예인이 일로 인한 마음의 상처가 여전히 남아 있었던 것이다. 케빈은 흠칫 놀라 신부를 바라보았다. 신부는 뭘 안다는 듯 옅은 미소를 지으며 말했다.

"하느님께서는 사람에게 마음의 평화를 주시지만, 결코 전부 다 주시지는 않아. 부족한 부분은 스스로 찾으라고 내버려 두시지. 그러니까 자네도 마음의 평화를 스스로 노력해서 찾도록 해."

"사실, 저 내일 미국으로 가요. 뭐, 금방 한국으로 돌아올 거예요. 미국에서는 더 이상 학업을 진행할 수가 없어요."

신부에게 케빈은 그동안 있었던 이야기를 했다. 이야기를 다 들은 신부는 밤하늘을 바라보며 말했다.

"그래도 분명히 하느님께서 자네에게 이런 여러 가지 일을 겪게 한 건 뜻이 있으셨기 때문이야. 용서를 비니까 그 미술품 감정하는 분들이 자네에게 길을 열어주잖아? 어떤 일을 하든 하느님께서는 자네 편이야. 용기를 잃지 말도록 해. 그래서 아버님은 아직도 안 돌아오셨어?"

"네, 그때 나간 뒤로……."

케빈의 어두워지는 얼굴 표정을 살핀 뒤 신부가 말했다.

"음, 그렇구나. 그래도 걱정하지 마. 아버지는 무사히 돌아오실 거야."

누군가에게 긍정적인 말을 듣자 케빈은 내면의 짐이 가벼워지는 듯한 느낌이 들었다.

그렇게 신부와 헤어지고 성당을 나와 언덕길을 올라 집으로 들어섰을 때였다. 방 안에 불이 켜져 있는 게 보였다.

"아, 아빠."

방 한구석에 아버지가 앉아 있었다. 뭐라고 말을 하려 했지만, 초췌한 몰골을 보자 입이 열리지 않았다. 한때 죽이고 싶도록 미웠던 아버지였지만, 폭삭 늙어 돌아온 모습을 보자 연민의 감정이 생겨 그냥 그 자리에 서 있을 수밖에 없었다.

"왔냐?"

그나마 새 옷을 입어서 그런지 저번에 비해서는 몰골이 조금은 나아 보이는 아버지였다.

"짐 싸놓은 거랑 비행기 티켓 봤다."

여권과 티켓을 따로 조그만 가방에 담아놓은 걸 본 모양이었다.

"……."

두 사람 사이엔 침묵이 자리잡았다.

"아빠."

"범준아!"

둘은 동시에 입을 열었다.

"먼저 얘기해라."

"아빠, 죄, 죄송해요."

"아니다. 내가 미안하다. 부끄러운 애비여서……."

아버지의 말꼬리가 흐려지며 울먹임으로 변했다. 아빠가 울고 있었다. 그걸 본 케빈은 울컥했다. 혈연지간은 이래서 엿 같다고 생각했다. 누군가가 울면 같이 슬퍼지고 누군가 웃으면 같이 행복해지는 것…….

"괜찮아요, 아빠. 울지 마세요."

"미안하다, 아들아 미안해. 이 못난 애비를 용서해라. 흐흐흐흐!"

"울지 마요. 울지 말라고요."

"용서해라."

케빈은 견딜 수가 없어 아빠를 끌어안고 그 어깨에 눈물을 떨궜다. 집안엔 황소 같은 부자의 울음소리만 한동안 울렸다.

"용서할게요. 용서한다구요. 제발 그만하세요."

신부님을 만나고 와서인지 용서라는 말이 자기도 모르게 나왔다. 해놓고 보니 아버지를 용서한다는 게 좀 어색했다. 용서는 주로 어른들이 아이들에게 하는 것인데…….

"저도 잘못이 커요, 아빠."

울음의 폭풍이 가신 뒤 케빈은 말했다.

"네가 무슨 잘못이 있니? 다 애비를 잘못 만나서 그렇지……."

"차라리 미국에서 그림을 안 보고 안 가져왔으면 좋을 뻔했어요."

그림을 잃어버린 사건을 통해 케빈은 크게 성숙해 있었다. 세상의 어두운 면을 보았기 때문이다.

"그림 때문에 아버지를 미워했던 거, 잘못했어요. 용서해 주세요."

아버지는 덜덜 떨리는 팔로 케빈을 끌어안았다. 앙상한 아버지의 몸이 느껴졌다. 케빈은 자기도 모르게 격한 감정에 사로잡혔다.

"미안하다…… 아들한테 못할 짓을 한 내가 정말 죄인이다. 하지만 범준아, 걱정하지 마라. 아빠도 정신차렸어. 사기꾼 녀석을 찾아다니다가 우연히 고등학교 동창 녀석을 만났거든. 그 녀석이 그러더라, 왜 그렇게 사냐고……."

그렇게 말한 아버지는 마음을 가다듬고 바로 앉은 뒤 봉투를 내밀었다.

"걔가 어렸을 때 우리 집에서 먹고 자고 했던 친구거

든. 저번에 그 친구를 만나 모든 걸 털어놓았지. 그랬더니 급한 대로 쓰라고 월급 당겨준다고 주더라. 가지고 미국 가. 그리고 아빠가 여기서 열심히 직장 생활해서 돈 보내줄게. 그 친구가 자기랑 같이 일하자 그랬다. 안성에 자기가 창고를 가지고 있는데 창고라도 좀 지켜달라 그러더라. 그래서 그리로 가려고."

"저, 정말이에요?"

"그래. 이 집도 곧 정리할 생각이다. 보증금도 많이 까먹었지만."

케빈은 할말이 없었다. 아버지가 이번에는 마음을 잡고 뭐라도 할 생각인 것 같아 케빈은 마음이 놓였다. 아니, 놓고 싶었다. 그래도 아들인 자신을 생각하는 아빠의 절절한 마음이 전해졌다.

"아빠, 제가 미국 가서 곧 돌아올게요. 검정고시 봐서 대학 갈 거예요."

말은 그렇게 했지만 구체적인 대안은 없었다. 하지만 미국으로 가기 전에 아버지를 만나 극적으로 화해하게 된 것이 케빈은 기뻤다. 그리고 둘의 사랑을 확인한 것이 가장 큰 행복이었다.

그날 밤 부자는 거실에 돗자리를 깔고 함께 누워 잠을 청했다. 모기가 달라붙어 앵앵거리긴 했지만 그것은 아무것도 아니었다. 몇 년 만에 아버지와 같은 공간에 누워 있는 건지 케빈은 알 수 없었다.

"공항은 내일 잘 갈 수 있니?"

"요 근처에 바로 리무진 버스가 서서 타고 가면 돼요."

"그래, 언제 올 거니?"

"다 정리하고 팔월 말에 돌아올 거예요."

"그럼 보름 만에 오려고?"

"네."

"그래, 알았다. 아빠는 안성에 방 하나 얻으마. 그때는 안성으로 와."

헛된 욕심을 버리고 이제 정말 새로운 미래를 향해 출발하겠다고 케빈은 생각했다.

"엄마 보고 싶지 않냐?"

"……."

케빈의 머리가 하얘지는 느낌이었다. 갑자기 아빠는 이혼한 엄마를 찾았다. 안 그래도 엄마 친구 영미 아줌마의 전화번호를 핸드폰에 입력해 두었던 기억이 났다.

"미국 다녀오면 한 번 연락해라. 너 보고 싶을 텐데."

"……."

"신혼 때 너 낳아놓고 내가 사업이 잘 안 되니까 네 엄마가 일하러 나갔던 생각이 요즘 자꾸 난다. 그때 네가 울면 내가 업고서 세 살던 집 마당에서 왔다 갔다 했었는데. 돈은 없고 가난했어도 그때가 좋았다. 너 내 등에 오줌 싼 거 기억나냐?"

"네? 네."

아빠도 기억하고 있었다. 그 순간 케빈은 박수창의 그림 페이퍼 하우스에 그려진 중절모 쓴 남자가 애기 업은 모습이 아빠의 과거와 오버랩되는 것을 느꼈다. 쭈그리고 앉아 좌판을 벌인 여자는 엄마인 셈이었다. 남녀가 만나 가정을 꾸린 집이라는 건 또 얼마나 불안하고 깨지기 쉬운 것이다. 종이로 만든 집이 바로 가정의 울타리 격이다. 만들기도 쉽지만 망가지기도 쉬운 것. 그렇게 생각하니 그 그림을 케빈이 만난 건 숙명이었다. 여러 가지 생각이 머릿속을 채워 지우려 해도 잘 지워지지 않았다. 특히 그리운 엄마의 모습은 더했다.

'에이 씨. 검정고시라도 합격하면 연락해야지.'

케빈이 이마에 손을 얹고 잠을 청할 때 아버지는 피곤했는지 크게 코를 골며 이내 깊은 잠에 빠져들었다.

그렇게 짧고도 긴 밤이 지나고, 다음날 아침이 되었다. 케빈은 리무진 버스를 타고 인천공항으로 갔다. 비행기를 두 번씩 갈아타는 것은 쉬운 일이 아니었다. 도코로 가서 다시 샌프란시스코까지 10시간이 넘는 비행을 했다.

샌프란시스코 공항에 도착한 케빈은 입국 심사를 받았다. 케빈에게 눈을 찡긋해 보이며 입국심사관은 별 문제 없이 여권에 도장을 찍어주었다. 바깥으로 나와 짐을 찾은 뒤 케빈은 바로 국내선 컨베이어 벨트에다가 가방을 올려놓았다. 그리고 피닉스로 가는 비행기로 갈아타기 전 레슬리에게 전화를 걸었다.

"여보세요."

"레슬리 나야!"

반가운 레슬리의 목소리가 들렸다.

"나 지금 샌프란시스코야. 지금 어디야?"

"케빈, 나 어제 집에 돌아왔어. 반가워. 나 정말 보고 싶었어."

"나도 그래."

"메일 잔뜩 쌓인 거 다 확인했어. 빨리 와. 나 오리건에서 아주 즐거웠어. 컴퓨터는 마음껏 못 썼지만 사냥도 해 보고, 낚시도 하고……."

"그래. 다행이야. 나도 한국에 있으면서 많은 일을 경험했어."

전화로 다 이야기할 수는 없었다. 만나서 자세한 이야

기를 나누기로 하고 통화를 마친 뒤 비행기에 올랐다.

두 시간 만에 도착한 피닉스는 두어 달 전 떠날 때보다 더 푹푹 쪘다. '불사조' 라는 말 그대로 8월의 피닉스는 엄청나게 더워 걸어 다니는 사람이 하나 보이지 않을 정도였다. 타오르는 열기 속에서 케빈은 1번 터미널 앞에 있는 세도나행 셔틀버스를 기다렸다. 미국 각지에서 여행하고 돌아온 사람들이 수트 케이스를 들고 있었다. 시간에 맞춰 정차한 셔틀버스에 올랐다. 실내는 에어컨을 최대로 가동하고 있었지만 8월의 더위에는 역부족이었다.

"피닉스는 사람 살 데가 못 돼."

옆에 있던 백인 한 사람이 말했다. 자기는 카튼우드까지 간다는 거였다.

"세도나나 카튼우드는 그래도 여름에 비도 좀 오고 괜찮지. 피닉스는 그야말로 사막이야."

"맞아, 맞아."

애리조나는 남북의 일기 차이가 극심한 곳이었다. 애리조나 북부에 위치한 그랜드캐니언은 한겨울에 폭설이 쏟아져 길이 끊어지곤 했다. 하지만 남부의 피닉스는 한겨울에도 눈 한 번 오지 않았다. 같은 주였지만 날씨는 대륙과 같이 큰 차이를 보였다.

이윽고 셔틀버스는 17번 프리웨이를 타고 북으로 갔다. 잘 정비된 낮익은 피닉스의 도심을 빠져나오자 황량한 사막이 펼쳐지고 있었다. 군데군데 선인장과 갈색 바위들이 눈에 띄었다. 비행기를 갈아탄 긴 여행의 피곤함이 뒤늦게 쏟아졌다.

다음날 아침, 홈스테이 하는 집에서 한잠 자고 난 케빈은 노트북 컴퓨터를 켜 인터넷에 접속했다. 생각지도 않은 예인의 메일이 와 있었다.

*범준아.*

*이 메일을 읽을 때쯤이면 너는 미국에 가 있겠지?*

*나 지금 잠자리에 들기 전에 엄마 몰래 메일을 쓰는 거야. 제대로 우리 집안에서 벌어진 일 알려주지 못해서 미안해.*

*엄마와의 약속을 지키느라 그랬어. 너는 다 이해하리라 믿어.*

*사실 나에게 너도 중요하지만 공부해서 대학 가는 것도 중요해. 엄마가 나에게 거래를 제안했다지만 어쩌면 거래를 핑계로 내가 원하는 걸 하려 했다는 게 내 본심인지도 몰라. 내가 언젠가 얘기했지, 이 세상엔 공짜가 없다고.*

*내가 원하는 걸 얻으려다 보니 대가를 지불해야 했어.*

*물론 너도 이번 사건으로 느끼고 알게 된 게 많을 거야. 부디 이 사건이 너와 나의 성장에 도움이 되었으면 해.*

*우리 각자 꿈을 이룬 뒤에 다시 만나. 그때는 좀 더 자유롭고 멋진 모습일 거야.*

*그리고 이번 여름 너를 만나게 되어서 나 행복했어.*

*잘 있어.*

고개를 끄덕이며 메일을 읽은 케빈은 답장 없이 노트북 컴퓨터의 모니터를 닫았다. 꿈을 이룬 뒤에 친구로 만나면 된다고 생각했다. 신세 진 건 그때 갚을 수 있으리라 애써 믿었다.

감정의 앙금이 남았지만 무엇보다 지금 자신에게는 급한 일이 있었다. 레슬리에게 모든 걸 밝히는 일이었다.

케빈의 산타페는 아름다운 붉은 바위들 틈을 빠져나와 레슬리의 집을 향해 달렸다. 무더운 날씨에 에어컨을 최대로 틀었지만 폭염을 막기엔 역부족이었다. 등에 땀을 흘리며 크락데일로 접어들어 비포장도로로 들어가자 울창한 나무 숲 사이로 레슬리가 집앞에 나와 있는 것이 보였다. 케빈이 차에서 내리자, 레슬리는 반갑게 케빈을 맞이하고 입맞춤을 했다.

어지럽던 마당이 다 깨끗이 정리되어 물건 나뒹구는

게 없었다.

"집이 정리되었네?"

"응, 미리 야드세일로 다 팔았어."

이사 갈 집은 자기들이 쓰던 물건을 모두 다 마당에 늘어놓고 사람들을 불러 싼 가격에 팔아치운다. 아마 레슬리네도 대대적으로 그렇게 한 모양이었다. 둘은 서로를 꼭 끌어안은 뒤 레슬리의 할머니 별채로 들어갔다.

"안녕하세요?"

"오랜만이구나! 어서 와라, 케빈."

할머니가 웃으며 케빈을 반겨주었다. 집안도 야드세일의 여파로 휑하니 다 비어 있었다.

"할머니, 선물 가져왔어요."

케빈은 인사동에서 산 고무신을 직접 건넸다. 포장을 풀어 본 할머니는 깜짝 놀랐다.

"어, 이 고무신…… 몇 십 년 만에 보는 거네."

레슬리의 할머니는 고무신을 당장 신어 보며 좋아했다.

"세계에서 제일 편한 신발이야. 부드럽고 사이즈만 적당히 맞으면 다 신을 수 있지. 늘어나니까. 게다가 질기기까지 해서 잘 떨어지지도 않거든."

마치 어린아이처럼 할머니는 고마워했다. 할머니가

고무신을 신어 보는 동안 케빈은 레슬리의 별채로 들어갔다. 케빈이 정리해 준 그대로 방 안은 깨끗했다. 다만 카펫이 바뀌어 있었다.

"어? 카펫 언제 바꿨어?"

"우리 오빠가 홈디포 가서 가장 싼 걸로 사다 바꿔줬어. 전의 것 곰팡이가 폈거든."

"너네 오빠가? 정말이야?"

"마약 한다는 그 친구가 갱단들끼리 싸우다 총 맞아 죽었다고 지역신문에 나왔어. 그래서 오빠도 학교로 다시 돌아간대."

그 말을 듣자 케빈은 마음이 복잡해졌다. 폐인이다시피 한 레슬리 오빠까지도 대학에 다시 돌아간다는데 자신은 이제 고등학교를 관둬야 할 판이었기 때문이다.

"저기, 레슬리. 미안하지만 할 말이 있어."

케빈은 레슬리에게 한국에서 있었던 이야기를 자세하게 했다. 애초에 별거 아닌 것처럼 그림을 받아간 사실부터 사과를 했다. 그리고 한국에서 그림을 잃어버리고, 화랑 주인들을 의심하고, 자기 몰래 그림을 팔아버린 아버지와 싸우고, 유력한 재력가의 저택에서 몇 날 며칠 동안 버티고 앉아 있었던 사연 등 여러 가지 이야기를 했다. 레슬리는 눈 하나 깜짝하지 않고 들었다. 이야기가 끝날 때쯤 되자 케빈은 한국에서 바꿔온 돈 1만 3천 달러를 내놓았다.

"미, 미안해, 레슬리. 너에게 얻은 그림 가지고 큰돈을 벌려고 했었는데 이거밖에 남지 않았어. 잘 되었으면 너희 집 문제도 다 해결하고 나도 계속 공부할 수 있었는데…… 꿈이 너무 야무졌지."

우울해하는 케빈을 레슬리가 다정하게 안아주었다.

"걱정하지 마, 괜찮아. 우리는 이사 가면 돼. 그리고 이렇게 큰돈을 받아다 주니 너무 고마워. 주어진 일은 주어진 대로 받아들이는 것도 지혜로운 일이라고, 나는 생각해."

레슬리가 케빈의 등을 살살 쓰다듬으며 말했다.

"저번에 은행에서 우리 집을 차압했어. 그래서 조만간 이사를 가야만 해. 할머니와 어머니가 속상해했지만, 받아들일 건 받아들였어. 능력이 없어 빚을 못 갚으면 내놔야지. 어쩌겠어."

"그, 그래. 나도 주제넘게 그림 같은 걸로 일확천금을 노리려고 했지. 이번 일로 그것이 잘못이라는 걸 확실히 알았어."

레슬리의 말이 맞았다.

"그나저나 이 돈은 꿈만 같아."

백 달러짜리 지폐 130장을 만지작거리며 레슬리가 말했다.

"꿈에도 생각지 못한 큰 돈이야."

케빈은 미소를 지으며 돈을 들고 좋아라 하고 있는 레슬리를 바라보았다. 그 해맑은 웃음에, 케빈은 한국으로 곧 돌아가야 한다는 말을 차마 꺼내지 못했다. 아직 보름 남짓의 시간이 있었다. 그동안 레슬리와 함께 즐거운 추억을 만든 다음에 말해도 늦지 않을 것 같았다. 어려운 수학문제는 나중에 풀 듯 일단 고통은 나중으로 미뤄두고 싶었다.

그때 레슬리의 할머니가 소리쳤다.

"레슬리! 케빈! 스파게티 해 놨다. 와서 먹어!"

"가자, 케빈. 할머니한테 이 돈을 드리면 틀림없이 좋아하실 거야."

둘은 지글지글 끓는 햇볕을 받으며 마당을 건너 할머니의 별채로 갔다. 늘 방구석에 처박혀 있던 마이클은 보이지 않았다.

"너희 오빠 어딨어?"

"응, 지금 피닉스에 갔어. 방 얻어서 이번 학기부터 공부한다고. 할머니랑 엄마가 정말 기뻐하셨어. 이제 오빠가 다시 마음잡고 공부하니깐."

"이사 갈 준비는 다 했어?"

"응, 우리 원룸으로 갈 거야. 여자들만 사니까 방 하나면 충분해. 할머니는 방에서 주무시고 엄마랑 나랑 거실에 있으면 돼."

케빈은 말없이 고개만 숙일 뿐이었다. 아랑곳하지 않고 레슬리가 할머니를 끌어안으며 말했다.

"할머니, 놀라지 마세요! 케빈이 한국에서 그때 가져간 그림 있잖아요. 그걸 팔고 돈 받아 왔대요."

"그래?"

"얼마 받아왔는지 아세요?"

"음…… 한 백 달러?"

"할머니!"

겨우 그거냐는 듯 레슬리가 살짝 흘겨봤다.

"아, 미안해. 한 이백 달러 받았나?"

"놀라지 마세요, 할머니!"

레슬리가 케빈에게서 받은 봉투를 할머니에게 건넸다.

"오 마이 갓!"

봉투를 열어 본 할머니는 깜짝 놀랐다.

"이게 얼마니?"

"죄송해요, 할머니. 더 많이 받았어야 했는데. 만삼천 달러밖에 안 돼요."

케빈이 송구한 표정으로 말했지만 돈을 본 할머니는 제정신이 아니었다.

"아니, 그 그림이, 우리 영감이 한국에서 가져온 그림이……."

"사실은 몇 십만 달러나 될지도 모른대요. 그런데 제가 그만……."

더 이상 말하기가 괴로웠다. 그때 레슬리 할머니가 절규하듯 말했다.

"오 마이 갓! 이번에 야드세일 하면서 창고를 뒤졌더니 우리 영감 가방 안에 그 화가하고 같이 찍은 사진과 편지지도 있고, 그림들도 몇 점 더 있었어."

'네… 그, 그게 정말이세요? 그럼 그 그림도……."

그 순간 케빈의 머리 속은 텅 비고 말았다. 야드세일에서 그림 같은 건 가장 많이 내놓는 물품이다. 기호가 변하고, 낡으면 쉽게 내다 파는 물건 1호니까.

"네가 야드세일 하라면서?"

옆에서 레슬리가 거들었다. 순식간 생각지도 않았던 절망감이 온몸을 사로잡았다.

"오, 레슬리!"

케빈은 다리의 힘이 풀려 주저앉았다.

"어머 케빈!"

케빈이 휘청거리자 레슬리가 물을 떠다주었다. 얼음 섞인 물을 마시고 정신을 차리자 레슬리 할머니가 걱정스럽게 물었다.

"케빈 왜 그러니?"

"그럼, 그 그림을 다 파셨단 말이에요?"

"그것 때문에 그랬어?"

"네."

케빈은 무안해 얼굴이 달아올랐다.

"다른 건 다 팔아도 할아버지 유품을 왜 팔겠니?"

"네? 그, 그럼?"

"그냥 다 놔뒀다."

"그게 정말이세요?"

"응, 이것 봐라."

할머니 방 한구석에는 박수창의 그림 두 점이 포개진 채 세워져 있었다.

"오 할머니!"

"이 그림도 몇 만 달러 받을 수 있단 말이지."

"그럼요. 어쩌면 몇 십만 달러……."

할머니는 고개를 끄덕였다.

"우리 영감이 남긴 고마운 선물이구나. 아니 목숨 걸고 가서 싸운 한국이 준 선물이야."

할머니의 말을 듣고 있는 케빈의 머릿속은 텅 비고 말았다. 그 빈 공간에 거대한 집이, 페이퍼 하우스가 아닌 실제의 집이 거대하게 들어차더니 서서히 자신을 억누르는 것만 같았다. 그 집안을 마음껏 뛰노는 행복한 어린아이의 낭랑한 웃음소리가 메아리쳐 오래도록 사라지지 않았다. 그 목소리는 레슬리의 것 같기도 했고, 자신의 어린 시절 목소리 같기도 했다.

# 인생에 횡재는 없다. 하지만…

인생이란 무엇인가? 수없이 많은 정의와 새로운 개념 규정이 있어 왔지만 어느 무엇 하나 똑 부러지는 것은 없다. 일견 맞는 듯하다가 다시 보면 전혀 맞지 않게 느껴지는 이유는 인생의 의미가 그만치 크고 넓고 다양하며 깊은 것이기 때문이리라.

어떤 사람은 인생이 고해(苦海)라고 하고, 또 어떤 사람은 살 만한 것이라고 한다. 운명은 인간이 개척하는 것이라고도 하고, 아무리 노력해도 운명의 굴레를 벗어날 수는 없다고도 한다. 물론 어떤 용감한 사람은 인생 뭐 있냐며 한 큐에 인생 역전을 하겠다거나 일확천금을 노리기도 한다.

우연히 발견한 비싼 그림을 팔아 자신의 꿈을 이루고자 하는 청소년을 주인공으로 한 이 이야기 『페이퍼 하우스』는 상당 부분 사실에 근거하고 있다. 미국은 구한 말부터 우리나라의 미술품과 골동품을 국가나 개인들이 엄청나게 많이 수집해 갔고 미 대륙 전체에 우리의 귀한 유물과 문화재가 퍼져 있다. 어찌 보면 국부가 유출된 것이고, 달리 보면 남의 손에 잠시 맡겨두고 있는 셈인데 어느 경우건 안타까운 일이다. 개인적으로는 미국의 한 지인이 한국 유명 작가의 그림을 다수 소장하고 있는 것을 직접 보기도 했다.

유행을 따라 미국에 유학간 학생이 운 좋게 그림을 한국으로 가지고 오고, 그럼으로써 새로운 세계에 눈뜨는 별난 소재는 그런 역사적 현실에 근거해서 수년 전부터 구상했던 것이다.

이 작품의 주된 이야기 구조는 삶의 행복에 관한 것이다. 대개 인간이 겪는 갈등은 '있어야 할 것' 과 '있는 것' 의 간극 때문에 생긴다. 그 간극이 크면 클수록 불행하게 느끼고, 작을수록 덜 불행하게 여긴다. 대개 인간은 그 차이를 줄이려 노력하게 마련인데 방법은 여러 가지다. 있어야 할 것을 낮게 잡아 쉽게 성취하는 것도 좋은 방법이다. 아니면 있는 것을 최선을 다해 끌어올리는 것도 또 다른 방법이다. 이도 저도 아니라면 있어야 할 것을 내리고, 있는 것을 올려 중간쯤에서 만나는 것도 한 방법이리라.

중요한 건 무엇이 되었건 인간은 갈등하는 존재라는 점이다. 특히 청소년기는 더더욱 그렇다. 갈등과 고민이야말로 청소년기의 특징이다. 이때 이런 갈등을 제대로 겪지 못하면 올바른 어른으로 성장하지 못한다. 그래서 나는 인생이라는 격랑 앞에서 갈등하고 고민하는 청소년의 모습을 있는 그대로 그리고 싶었다. 그리고 그들에게 격려의 메시지를 던지고 싶었다. 결과가 무엇이건 있어야 할 것과 있는 것 사이에서 마음껏 고민하고 온몸을 던져 부딪쳐 보라고. 그럼으로써 스스로 얻는 결론은 그 무엇보다 소중한 것이라고. 그 고민의 소중한 경험이 평생을 지혜롭게 살 수 있도록 이끌기 때문이다.

이 책을 이 땅의 고민하는 청소년들에게 바친다. 그들이 고민을 통해 성장하고 이 사회의 건실한 성인으로 자라주길 바라마지 않기 때문이다.

작품을 함께 읽고 좋은 의견 준 많은 사람들에게 감사한다. 시인인 여산 선생, 김용진 작가, 성균관대학교 소설창작론 수강생들에게도 감사의 뜻을 전한다. 언제고 그 학생들 가운데 일부는 나와 같은 작가의 길을 걷게 되길, 아니 나를 뛰어넘기 바란다.

삶에 횡재는 없지만, 행운은 있을 수 있다. 대가를 지불하며 자신의 목표를 향해 열심히 나아간다면…… 그리고 그런 행운을 붙잡을 자세가 갖춰져 있다면…… 이 말을 고뇌하는 이 땅의 청소년들에게 해 주고 싶다.

2010년 초여름

애리조나 카튼우드에서

고정욱